Pierre Lambert

Les 110 étages

© 2022, Pierre Lambert
Édition : BoD – Books on Demand, 12/14 rond-point des Champs-Élysées, 75008 Paris
Impression : BoD - Books on Demand, Norderstedt, Allemagne
ISBN: 9782322402212
Dépôt légal : Mars 2022

À ma fille,

À ma famille,

À mes amours,

« *Au milieu de l'hiver, j'ai découvert en moi un invincible été* »

Albert Camus

ETAGE REZ-DE-JARDIN (DEBUT)

    Je suis parti ce matin. J'ai claqué la porte, puis j'ai donné deux tours de clefs. J'ai caché la clef dans la cage à piafs qui était suspendue aux barreaux de la fenêtre. C'était une habitude qu'on avait décidée depuis qu'on habitait là. J'ai quitté la maison définitivement. C'est le mot fin qui s'inscrit sur une toile en quatre par trois dans ma tête. Je viens de couper mon fil à la patte pour la énième fois. On ne m'enchaîne pas, toutes celles qui ont essayé se sont retrouvées seules un jour, prisonnières de leur propre cage dorée. La maison était plutôt agréable. Située au cœur de la ville, on faisait tout à pied, j'adorais. J'avais pris mes marques rapidement. Je tutoyais les commerçants du quartier, j'avais mes habitudes. On dînait dans les petits restos avec les gosses. Pas besoin de voiture, de plus, il y avait une diversité d'offre gastronomique à prix modiques.

    J'avais craqué sur cette demeure. Elle était en vente depuis plus de deux ans, le couple qui l'habitait se séparait. La première fois que j'ai passé la porte d'entrée, j'ai su que plus rien d'autre ne me conviendrait. Les chambres étaient grandes et hautes de plafond. Elles disposaient toutes d'une cheminée en plus d'un parquet à la Versailles, en épi. Un escalier central desservait les pièces sur deux étages. Les combles sous toit avaient été aménagés, cela offrait des capacités de rangements supplémentaires, les gosses seraient ravis. Le salon donnait sur un jardin fermé, une dépendance avait été laissée à l'abandon et devait certainement servir à ranger une tondeuse ou les quelques outils pour entretenir les cinq cents mètres carrés de pelouse et les deux massifs plantés à l'anglaise. Je ferais de ce vieil abri mon atelier d'écriture, j'ai toujours rêvé d'avoir une pièce réservée à mon nouveau métier.

Mon premier roman s'est bien vendu, je n'avais pas prévu ce succès populaire. J'ai écrit mon livre en trois mois. Il rassemblait des souvenirs d'enfance, la difficulté de communiquer avec le monde des adultes, la fragilité d'un être en culotte courte face à ses sentiments, face à la disparition de ses proches. Ce livre parlait de mes amours, d'amour, de la vie tout simplement. J'avais des pensées à poser, comme des fondations, pour me guérir d'un passé trop chargé d'émotions. Je devais me libérer de certains souvenirs, ceux qui par moment vous empêchent d'avancer, ou pire, ceux qui vous font tourner en boucle, comme un vinyle rayé qui répète inlassablement la même chose. Cet exercice d'écriture m'a soigné sans que je coûte de l'argent au contribuable, sans creuser le trou de la sécurité sociale. J'ai envoyé mon manuscrit à un bon nombre de maisons d'éditions sans avoir fondé beaucoup d'espoir de reconnaissance ou même de publication. Ma surprise fut d'autant plus totale qu'un grand éditeur avait fait le pari de surprendre le « métier » pour la rentrée littéraire. L'affaire s'est bouclée en trois mois – contrat d'édition – dossier de presse – distribution. La grande enseigne Parisienne m'a assigné une jeune chargée en communication pour me « préparer » aux futurs bouleversements dans ma vie personnelle. Elle était tout droite sortie d'une grande école de marketing et venait à peine de rentrer de New York où elle avait travaillé durant une année à promouvoir la culture underground de The Big City. Elle se prénommait Evita, ses cheveux châtains coupés au carré semblaient flotter dans l'air. Quand elle tournait la tête brusquement, c'est une vague qui ondulait en découvrant sa nuque parfaite. Je m'amusais à la surprendre, j'étais tombé sous le charme de ce mouvement. Elle débordait d'énergie et d'ingéniosité, elle était brillante et ne voulait pas décevoir, encore moins son boss. J'étais devenu la personne la plus importante, il fallait protéger cet investissement.

Comme je désirais poursuivre mon activité professionnelle, il fallait composer avec mon emploi du temps de chef de projet et celui d'écrivain en herbe. Nombreux sont les écrivains qui déclarent qu'écrire a été leur meilleure thérapie. Je ne démens pas, bien au contraire, j'acquiesce à cent pour cent. J'ai même entendu récemment sur Inter que mon livre devrait être remboursé par la sécurité sociale – beaucoup moins cher que les tarifs « encadrés » des psychiatres et leurs pilules bleues le matin et rouge le soir. Encore un journaliste qui fait dans la provocation pour que ses propos soient repris, déformés voir détournés, tout cela pour qu'on parle de lui. On parlait du livre, Evita trouvait cela très bien et son patron applaudissait.

Trois mois après la rentrée littéraire, je touchais mon premier chèque. J'allais pouvoir quitter mon minuscule appartement de La Défense et trouver une maison avec un jardin. Pas de folie, juste un peu plus de confort et le bonheur de prendre mon petit déjeuner dehors, dès que les températures le permettraient. De plus, les gosses seraient enchantés. On pourrait même prendre un chien bien brave, genre labrador. Je suis sûr que les gamins adoreraient.

Lorsque j'ai visité cette maison la première fois, j'étais seul. Les visites précédentes m'avaient vraiment déçues, l'agent immobilier imaginait certainement qu'il pouvait me vendre n'importe quelle demeure qui rentrait dans mes critères. Il s'était lourdement trompé. Même si l'offre était plutôt rare, je n'étais pas décidé à acheter, j'attendais le coup de cœur, celle qui ferai la différence parmi toutes les autres propositions. C'est sur le net que je l'ai trouvée, dans une ville dont je ne connaissais que le nom et sa situation géographique. Les photos mises en ligne m'ont intriguées, cette baraque avait quelque chose d'atypique et ça me plaisait. Alors, comment vous dire qu'il est étrange de quitter un lieu que l'on a choisi pour abriter une vie rêvée, douce et agréable, maintenant que nous étions à l'abri du besoin. Comme la première fois, je me retrouve seul, devant cette porte fenêtre à petits bois - traveling arrière. Clap de fin.

Je m'appelle Pierre Lambert. C'est commun, comme Dupont ou Martin. J'aime mon prénom, je le préfère à Paul (une Tourtelle) ou encore Sébastien (Seb, c'est bien). J'habite depuis peu de temps Marseille, au Panier. Jadis, ce quartier historique était le repère de la pègre, du grand banditisme élégant, je veux dire – armés comme des flingues de concours sans jamais tirer un seul coup. Depuis l'épisode Marseille – Capitale européenne de la culture et les grands travaux autour du Vieux-Port de la Joliette, ce quartier s'embourgeoise doucement, tendance Bobo mais avec l'accent du sud, on est à Marseille tout de même.

J'ai découvert sur le tard que j'étais plutôt beau gosse comme on dit. Bientôt la cinquantaine, svelte, pas très grand, des cheveux encore fournis et bruns, des yeux noisette. Une tablette de chocolat dessinée sous deux pectoraux encore fermes. Des épaules musclées, une pomme d'Adam absente, un truc de plus qui n'a pas poussé. Je ne suis pas narcissique, je suis juste conscient de ce que dame nature m'a offert en plus d'un savant mélange de mes parents. Richard Gere est largement déclassé, Georges Clooney a perdu ses chaussures, son pantalon, son caleçon et sa bedaine naissante qui trahie une cinquantaine passée, quant à Mister Grey, ses cinquante nuances ne rivalisent pas avec mon pentome.

Je ne suis pas égocentrique, il ne faut pas se fier aux apparences ou s'arrêter aux premières phrases de ce récit. Il m'a fallu des années pour m'accepter tel que je suis, tel que j'étais et surtout d'où je viens. Toute mon enfance, j'ai entendu que je n'étais pas assez grand, que je ne travaillais pas assez bien, qu'il fallait que j'apprenne un métier car je n'étais pas fait pour les études, que les filles m'aimaient bien mais préféraient sortir avec un autre, que je n'avais pas de beaux vêtements, pas de griffes. Non, je n'avais rien de tout ça. Je portais des fringues que j'avais chiné au marché de Clignancourt, un Levis à cinquante francs, des Converse à dix balles, un cuir d'occasion. Tout ce que j'avais était bon marché, usé, commun, tellement commun, presque invisible dans la masse.

Vous avez suffisamment d'imagination pour comprendre ce que moi, ce pauvre gamin, ai enduré pendant ces années ou l'image, l'apparence passe au-dessus de tout. Le parallèle avec une belle plastique est semblable avec la solitude qui vous sépare d'une société qui vous tient à l'écart, qui vous apostrophe pour votre différence. Je préfère de loin le monde animal, d'une part parce que les mâles sont bien plus beaux que les femelles, d'autre part pour la capacité à survivre en milieu hostile. Pour cette dernière raison, je prétends être un lion, un Roi dans cette jungle pour avoir survécu à ces années.

Heureusement, la vie nous offre des moments de grâce, ils sont rares, précieux. C'est une ivresse, comme remonter le périph à 230 km/h à contre sens, en chevauchant une grosse cylindrée. Bizarrement, oui, bizarrement, on se sent invulnérable, porté par une fougue indomptable et capricieuse mais tellement enivrante. Plus forte qu'un T ponch, moins destructrice qu'un rail de coke, cette façon de se sentir unique, privilégié et immortel. Tout ça pour les yeux, le corps ou la voix d'une femme. Eh oui, l'amour toujours. Je ne veux pas d'une petite histoire, je ne serai jamais ton petit chéri. Je veux voir les choses en grand, le ciel est mon plafond, les abysses mon fond. Je ne veux pas forcément une belle histoire, je crois même que je préfère une sale romance. Il faut se salir les mains, tremper le tee-shirt, se décoiffer, se tordre, se rider, s'abîmer aussi. L'amour n'a rien de propre dans sa virginité ou celle qu'on nous fait croire étant gamin. Cela ne veut pas dire qu'il faut se comporter comme un véritable connard et que les femmes sont prêtes à tout avaler. D'ailleurs, elles n'avalent pas. Il y a notre monde, celui que je partage avec vous. Dans notre monde, nous croisons toute sorte de personne, fréquentable ou pas. Je m'intéresse à la partie féminine de ce monde parce que j'aime La Femme. Comme le monde masculin, cette partie est peuplée de différents spécimens. Je trouve les femmes bien plus jolies que les hommes, c'est certainement mon côté hétéro qui parle. Je ne me suis jamais retourné sur un homme, aussi beau puisse-t-il être. J'aime la compagnie des femmes, simples copines ou amoureuses. Les femmes sont extraordinaires, je suis sincère. Elles ont, pour la plupart des femmes que j'ai côtoyées jusqu'ici, et heureusement que les autres sont là, la fâcheuse habitude de rendre complexe un évènement insignifiant. Le fait d'être une femme serait aussi un diadème, un passe-droit, un blanc-seing pour s'affranchir des règles qu'elles nous demandent de suivre .Et si nous ne les observons pas, nous passons pour de pauvres idiots ou sommes considérés comme des anarchistes qui sont incapables de vivre en société. J'exagère à peine, même si je sais que ce discours va en faire réagir plus d'une. Je vous aime tellement.

Alors, à toutes celles qui font les fières, les pimbêches d'être complimentées ou de recevoir une parole élégante, vous n'êtes pas dignes de notre ivresse et de la gueule de bois qui arrivera derrière. Vous ignorez les belles paroles, snobez les politesses sincères, écartez les gestes de courtoisie par élégance et éducation. Il devient rare de rencontrer une femme du monde, celui que je sublime, pas celui qui nous est offert.

> *I want your ugly*
> *I want your disease*
> *I want your everything*
> *As long it's free*
> *I want your love*

3ᴱᴹᴱ SOUS-SOL (JICÉ)

Ce weekend, s'est tenu au Parc Chanot le salon de l'Art Contemporain. C'est un moment que j'aime particulièrement. L'occasion de rencontrer des artistes, de les écouter parler de leur travail, de leur confier ce que provoque émotionnellement une toile, une photo, une sculpture, de les connaître le temps d'un instant même si ce temps est trop court.

Un tableau m'a vraiment tapé dans l'œil mais je ne pouvais en définir la raison profonde. Une toile de l'artiste JiCé. Du figuratif, un homme, en chemise blanche, assis sur un trottoir trop haut ou des marches, lisant un journal. On ne voit pas son visage, juste une posture. Après plusieurs jours, je crois qu'au-delà de la couleur rouge, fascinante, envoutante, il y a cette perspective et la position du sujet, dos au mur. Je crois que j'ai dû me projeter, remplacer cette silhouette dans cette rue qui pourrait être l'une de La Havane. Je crois que ce tableau, c'est moi tout simplement. Je suis assis sur des marches, adossé à un mur à profiter de l'ombre alors qu'il fait si chaud pour lire, prendre le temps et le frais, prendre le temps. Cette huile porte le nom Entre rouge et noir. C'est aussi comme un équilibre. L'écarlate et le sombre, le sang et le néant, la braise et les cendres. C'est certainement, rétrospectivement, lié à une situation de déséquilibre ou d'équilibre précaire. Je suis comme au bord du précipice ou sur le rivage à attendre la déferlante qui va tout dévaster. Je suis entre deux feux, celui de mes propres lignes et celles de l'ennemi, mais sans la mitraille. C'est comme un moment de calme avant que se déchainent les éléments.

  C'est ma relation, celle de ces derniers mois, celle qui a pris fin. Depuis, et je sais à quel point cela peut paraitre restrictif, je n'ose plus faire de projet. C'est ainsi. Je préfère vivre simplement à savourer ce qui s'offre à moi, et offrir à mon tour, le meilleur. Je ne veux plus m'encombrer de ce qui pourrit la vie dans mon quotidien. Je ne veux plus élever des enfants qui ne sont pas les miens. Quand je dis élever, c'est participer d'une façon ou d'une autre à l'éducation des enfants des autres. J'ai eu cette chance d'avoir un divorce intelligent, sans bataille, sans coup de travers ou vengeance, sans rancune ni chamaille pour la garde de ma fille. Mon ex-épouse ne sera jamais celle qui nuira à l'autre. Ce n'est pas dans son tempérament. J'ai rencontré cette jolie femme de 48 ans. Elle est enseignante, séparée depuis quatre ans du père de ses enfants. Comme beaucoup de personnes qui se séparent, la question du bien immobilier a dû être déterminante. C'est elle qui a gardé la maison, bénéficiant de l'aide de ses parents ce qui n'a pas dû arranger la séparation. Ce n'est pas simple entre eux, c'est même compliqué. Moi, je ne veux rien savoir de leurs querelles ou quoi que ce soit de ce genre, je veux qu'on me laisse tranquille. Je n'ai pas envie de me retrouver au milieu de tout ça. On m'a reproché de ne pas avoir épargné des enfants lors d'une relation. Mais est-ce que cette question s'est posée inversement ? Je suis sûr que non. Il est plus facile d'accuser. Je voudrais qu'un instant, celle qui m'a adressé ce reproche se pose et pense à ce qui suit. Si mes agissements ont pu causer de la peine, ce que je conçois, que dire de l'hésitation ? Que penser de ne pas vouloir s'engager complétement, être sur la réserve ? Oui, je dis aussi tout haut ce que je rêve tout bas. Oui, je parle quelquefois rapidement. J'aimerais juste savoir où je range mes caleçons, mes chaussettes, mes fringues au lieu d'être dans la pièce d'à côté, dans un sac de voyage de luxe posé au sol sur un carrelage froid. J'ai voulu poser une photo de nous deux sur la porte d'un frigo. Cette photo a très vite été retirée, déplacée pour être oubliée sur un meuble, cachée. Vous me direz : ce n'est rien Pierre, et vous auriez raison. Ce n'est qu'une image mais elle en dit long sur la place qu'on me réserve. Du coup, ça éclaircit mes pensées et lève mes peurs. Moi, je suis le genre de mec qui aime voir la photo de sa chérie sur la porte d'un frigo.

A la question simple du pourquoi cette toile et non une autre, je dirais que c'est une projection de mon moi, comme si j'étais encore à La Havane à attendre Hemingway ou Ernesto. Planqué derrière mon journal, à l'ombre, mais toujours dans une perspective, un avenir sans doute. Je ne suis pas dans le passé, dans le regret, mais en route vers la suite, celle que j'ai toujours espérée. Je reste assis pour mieux me relever et pouvoir marcher des kilomètres à traverser des territoires inconnus, hostiles aussi.

Hier encore, j'entendais Charlotte Gainsbourg au Petit Journal qui disait qu'elle aimait vivre à New York, parce que, de l'autre côté de l'Atlantique, personne ne la connait et qu'elle peut jouir de sa liberté comme une personne « normale », de toutes les possibilités qu'offre cette mégapole. Je ne suis pas célèbre, je ne cherche pas à l'être. J'aimerais rencontrer un succès qui me suffirait, pour avoir suffisamment d'argent, ce qui me permettrait d'avoir du temps pour en profiter, simplement. Je souhaiterais aussi pouvoir vivre ma relation simplement. Egoïstement, moi et celle qui partagera ma vie. Mon idéale, n'est pas très grande, bien gaulée, élégante qui sait se mettre en valeur sans provoquer. Nous avons du temps à nous consacrer tout en respectant nos moments de solitude, nécessaires eux aussi. Nous partageons notre temps entre la maison en Provence, mon appartement en centre-ville et celui que j'ai acheté dans Paris. Je continue à écrire. Mon deuxième roman est pratiquement terminé, j'ai des idées pour le troisième. J'aime écrire et elle respecte mon travail. Elle ne me juge pas. Elle aime ce que je suis en tant que personne. Elle est fière que je sois son homme. Moi, je suis admiratif de ce qu'elle est, de ce qu'elle fait, de l'attention qu'elle porte aux autres. Elle ne sait pas ce qu'elle représente pour moi parce que je ne lui montre pas. Je suis pudique, toujours et encore.

Je ne sais pas si cette relation s'inscrira dans le temps. Je ne sais pas si je suis un bon compagnon, fiable.

J'ai peur, comme beaucoup, du temps qui passe, de me lasser. J'ai vécu avec deux personnes qui étaient liées par le mariage. Mon père et ma mère ont vécu ensemble pendant près de quarante ans. Ils se sont mariés en 1974, à la mairie de Verneuil. De mon plus lointain souvenir, jusqu'au jour de mon départ, je n'ai pas ressenti le bonheur, je veux dire, être heureux ensemble. A croire que c'était impossible. Je n'ai pas reçu cet héritage, celui du bonheur dans une vie partagée avec une personne que l'on est supposé aimer. Est-ce que cela m'a conditionné ou prédisposé à ne pas croire au bonheur à deux ? Je ne le pense pas. J'ai connu de vrais bonheurs auprès d'une femme, pas qu'une d'ailleurs. Je chéris ces moments, j'en garde une infinie tendresse, avec le recul. J'ai eu des belles histoires, certaines assez longues si je peux m'exprimer ainsi. Dix ans, cinq ans, puis huit années, enfin trois. Plus j'avance dans l'âge, moins mes relations durent dans le temps. Je m'interroge. Est-ce que j'ai pris le temps ? De me remettre de ma précédente histoire ? D'avoir compris pourquoi ça n'a pas fonctionné ? Alors, j'écris. Je me répands, je me soigne et j'espère devenir meilleur, jour après jour, pour moi, pour elle, parce que je serai l'homme de sa vie.

1ᴱᴿ ETAGE (MONDE PARFAIT)

Nous sommes tous nés quelque part, nous sommes issus d'une nation, d'un pays, d'une ville, d'une rue, d'un ventre. Si vous ne connaissez pas la chanson de Maxime Le Forestier, prenez le temps de l'écouter et même celui de lire les paroles. Nous avons cette chance d'être nés en France. Nous oublions parfois, souvent, que nous avons un merveilleux pays. Pour ceux qui ont la chance de voyager régulièrement, vous avez certainement saisi ma pensée. Et pourtant, nous avons au moins un rêve en commun. Quelle que soit notre nationalité, quel que soit le sol où nous grandissons, nous idéalisons un monde. Un monde parfait, notre monde parfait. Celui qui nous inspire, celui qu'on veut rejoindre. Celui que nous construisons pour nos enfants, en essayant de les épargner aussi, des tempêtes, des douleurs inutiles.

C'est un monde parfait
Le vent souffle,
On ne bouge pas
C'est un monde parfait
On s'en ira
Le vent restera
Un monde parfait...

Mais voilà, ce monde idéal est peuplé d'individus qui ont une idée très précise aussi de leur monde parfait. Que cherchons-nous à faire ? Tout simplement à le créer ce monde, et si ce n'est qu'un petit bout de paradis, c'est déjà bien assez. Imaginez un peu : le monde parfait d'un Végan, celui d'un musicien, d'un trader, d'un baba cool, d'un teuffeur… Vous pouvez imaginer le bazar ? Et le mien, mon monde à moi ?

Dans le monde parfait, on fait tout bien. Aucune erreur, tout est facile, presque sans effort. On a ce qu'on mérite et comme c'est notre monde, on a le meilleur parce que c'est juste. On obtient ce que l'on désire, on nous remercie pour nos engagements, on est utile et reconnu. Pas de bol les amis, la vérité est que même si l'on cherche à recréer ce monde, la vérité est qu'il n'existe pas, c'est une utopie de croire que le monde serait fait uniquement par le saint esprit qui aurait la formule magique pour faire de nos ambitions un rêve éveillé.

Le monde est imparfait, par notre faute, car nous sommes tous imparfaits, surtout moi. Je fais de mon mieux, pour faire le bien, le bon, le beau, mais ça ne suffit pas toujours. J'essaie depuis toujours et jusqu'à présent, d'être un bon père, un frère aimant et référant, un bon fils, un bon mari, un bon collaborateur, un bon partenaire de squash, un bon manager, un bon amant. Surtout un bon amant, je crois que c'est ce que j'ai su faire de mieux ces dernières années. Je ne sais pas si j'ai été un bon fils. Je pense que oui même si je n'avais qu'une idée en tête, me barrer. Ce n'était pas le Monde selon Garp, je n'étais pas Eugénie Grandet, mes parents n'étaient pas les Thénardier. Chez moi, c'est un peu comme la chanson de Brel – Ces gens-là. Je suis convaincu que certains de nos voisins nous appelaient comme ça. Alors, quand vous grandissez dans un appartement de soixante-treize mètres carrés, au premier étage d'une cité en banlieue, en évitant les coups, les engueulades, quand vous dormez dans un lit superposé large de quatre-vingt-dix centimètres par un mètre quatre-vingt-dix, dans une chambre de douze mètres carrés avec vos deux frères, vous n'aspirez qu'à une seule chose, être ailleurs, vous extraire.

Alors vous imaginez un monde rassurant, protecteur, aimant. Et partout où vous allez, ailleurs, même le pire des bouges, c'est déjà mieux que la maison. Un jour, ce moment arrive parce que vous l'avez décidé ou parce que vous n'avez plus le choix. Parce qu'il faut s'échapper, s'extirper de ce milieu, de cette vie. Il n'y a rien de bon, tout est réduit à une violence, à une peur au ventre, à une soumission.

C'est en regardant le film de Barry Levinson - Good morning Vietnam, qu'une évidence m'est apparue. Quand on grandit avec une peur permanente, on ne sait pas toujours recevoir les messages les plus simples. En 1987, Robin Williams triomphe au box-office dans le rôle d'un DJ – Adrian Cronaeur, en charge d'animer la radio des forces armées de la zone démilitarisée de Saigon. Je ne vais pas faire le pitch du film, juste vous dire pourquoi je vous parle de ce film en particulier. Ce film, c'est de la musique sur des images, et surtout des textes, un en particulier, celui de Louis Amstrong – Wonderfull world. C'est comme si je n'avais jamais prêté attention à ce moment simple, plein d'humilité, de contemplation, des choses simples dites simplement avec tellement de vérité. C'est comme si je m'étais posé sur un banc public, au coin d'une rue passante et que je regardais ce qui se passe autour de moi. Je suis assis sur ce banc parce que bien des fois, je n'ai pas voulu rentrer chez moi, j'étais mieux dehors. Aujourd'hui, je sais pourquoi j'aime tant être à l'extérieur.

> *I see trees of green, red roses too*
> *I see them bloom, for me and you*
> *And I think to myself, what a wonderful world*
> *I see skies of blue, and clouds of white*
> *Bright blessed days, dark sacred nights*
> *And I think to myself, what a wonderful world*
> *The colors of the rainbow, so pretty in the sky*
> *Are also on the faces, of people going by*
> *I see friends shaking hands, sayin' "how do you do?"*
> *They're really sayin' "I love you"*
> *I hear babies cryin', I watch them grow*
> *They'll learn much more, than I'll ever know*
> *And I think to myself, what a wonderful world*
> *Yes I think to myself, what a wonderful world*
> *Oh yeah*

Un autre jour, des années plus tard, je rencontre une femme. Je ne sais pas toujours comment faire, ce qu'il faut dire ou pas. Je n'en tombe pas amoureux même si elle est la plus belle, la plus merveilleuse. Il me faudra du temps avant de prononcer ces trois petits mots. Le temps de se connaitre, de s'apprivoiser, de partager notre intimité. Je me protège aussi. Ma pudeur l'emporte souvent car il est devenu difficile d'aimer comme je le conçois. Il m'a fallu des années pour dire je t'aime. Alors, même si mon passé a laissé des cicatrices, des blessures, je t'aime. Je t'aime d'une manière imparfaite et égoïste. Tu m'aimes toi aussi d'une manière imparfaite et égoïste. Nous nous aimons dans ce monde, imparfait. Cela pourrait être du Bergman, l'une de ses œuvres, après Scènes de la vie conjugale. Je ne sais pas s'il existe des recettes toutes faites qui ravissent les cœurs. Je ne sais pas si un apprentissage est nécessaire ou même une rééducation. On ne m'a pas appris à aimer, je le découvre, l'explore et quelquefois le confonds. C'est mon monde, celui qui m'apporte aussi tant de bonheur, d'émotions, de sursis de vie, d'imperfections. Je ne m'ennuie jamais, je suis rarement déçu. Comme tous les êtres humains, j'ai commis des erreurs. Comme tous les êtres humains, certaines de ces erreurs ont été considérées comme impardonnables. C'est étrange, car on ne m'a pas appris à aimer, l'inverse est vrai également. Je ne déteste pas, je ne sais pas faire. Même si je n'ai pas reçu cette éducation de mes parents trop pudiques pour utiliser ce mot « amour », même si je ne connais pas la signification populaire et la valeur que la plupart des gens donnent à ce mot, je sais pourtant que mes proches, les personnes qui me sont chères et certaines femmes disent que c'est bien de l'amour et non une vague idée, une imprécision. Je donne, je ne suis pas responsable de la personne qui reçoit, ni de son idéal, de cette manière dont elle aurait aimé. Arrêtez d'être égoïstes, soyez heureux de ce qu'on vous donne sincèrement. Inutile d'intellectualiser un amour, c'est peine perdue. L'amour est irrationnel et ne répond à aucune règle. Il est vraiment temps de vous secouer !

3ᵉᵐᵉ ETAGE (ALPHA)

Il vous est sûrement arrivé de nombreuses fois de devoir parler de vous à diverses occasions, pour vous présenter dans le monde du travail ou lors d'une rencontre. Parfois, vous allez devoir poursuivre par quelque chose de plus personnel, pour vous démarquer ou préciser un trait de votre personnalité. Il m'a fallu du temps pour trouver quelque chose d'original qui me caractérise, qui définit aussi ce que je suis en tant que personne. Moi, je suis le mâle Omega, un peu comme le dernier des mohicans. J'aime bien ma dernière trouvaille. L'Oméga. Je devrais dire Homme aux beaux dégâts. Je parle vite, trop vite. Non pas que je dise des bêtises, mais personnellement je ne parle pas assez vite pour pouvoir traduire ma pensée. Cela me crée des difficultés pour être compris, alors imaginez quand j'ai légèrement bu ! L'Omega, c'est moi. Afin que vous compreniez, écouter d'abord le titre de Noir Désir Tostaki. Tostaki, c'est Todo esta aqui ! Mais les espagnols n'ont rien à m'envier. Ils parlent vite, donc todo esta aqui devient Tostaki. Comme ce mot, qui me définit assez bien bien Oméga – Homme aux beaux dégâts. Le privilège d'être celui qui raconte n'oppose aucune contradiction. Je suis convaincu que mon point de vue ne serait pas partagé par celles qui ont souffert de mon infidélité. Alors, je me dois d'expliquer aussi les raisons qui m'ont conduit quelque fois à tromper. Mais pas tout de suite, plus tard.

  Comme beaucoup de personnes qui vivent seules, j'aime bien allumer la télé, même si je ne la regarde pas. Je peux faire tout autre chose, mais j'aime cette présence. Quand vient le soir, je me cale sur la chaine TMC pour entendre et voir Yann Barthès. Ce soir, il reçoit Etienne Daho qui a prononcé cette phrase : quand on se sent petit canard, on devient unique et on devient exceptionnel parce que on n'a pas le choix que de devenir un être atypique, exceptionnel. C'est le pendant des minorités, de ceux qui doivent constamment ramer, se battre quelque fois, pour exister et être reconnus, ceux qui sont nés sans cuillère d'argent dans la bouche. D'ailleurs, sachez que vous, les suceurs d'Ag, on ne vous connait pas ! Donc, moi aussi, je n'avais pas le choix ou plutôt si, le choix simple limpide et difficile. Lequel ?

  Mais le plus simple,
  Voyons, et de beaucoup
  J'ai décidé d'être admirable en tout, pour tout.

  La France d'en bas a pleuré la mort de Johnny. Cette France qui se retrouve entassée dans les wagons du métro. J'aimerais savoir si les politiques ont essayé de prendre la ligne 13 à 7h30 le matin. J'aimerais savoir si ces mêmes politiques se contenteraient de mille deux cents euros de retraite après avoir bossé pendant plus de 45 années.

J'ai vu un chouette reportage sur une louve qui a choisi le massif de la Tarentaise comme logis. Je me suis demandé comment et quels avaient été les moyens pour suivre cette femelle durant deux années. Le résultat est stupéfiant : on se prend d'affection pour cet animal qui perd son mâle Alpha pour errer depuis l'Europe de l'Est, en Slovénie, vers nos montagnes, nos Alpes et qui va reconstruire une famille, sa meute. Si vous avez lu l'appel de la forêt de Jack London, vous pouvez facilement comprendre aussi la loi dans le monde animal, précaire et intransigeant. Si l'on en croit les lois fondamentales, le mâle Alpha est au sommet, son règne est naturel, au sommet de la hiérarchie sexuelle. Il est en mesure de séduire rapidement une femme, en basant son jeu de séduction sur les apparences, le charisme, le charme macho, l'argent, la puissance physique. Typiquement, il est le genre à faire fantasmer les jeunes filles, et celui que les femmes plus mûres rêvent d'avoir comme amant. Plus généralement, il est celui qui assume les traits virils traditionnels les plus marquants. Ce qui identifie l'Alpha à coup sûr, c'est que les femmes le respectent en tant qu'homme. C'est donc celui qu'il faut être, mais sachez que seuls 10% des hommes sont des Alpha. L'Oméga, lui, c'est son contraire. C'est celui qui est au plus bas de l'échelle, celui qui n'a rien pour lui. Je suis parti de très loin : pas la taille idéale pour faire rêver ou en imposer par ma carrure, une silhouette banale, commune, celle que l'on ne remarque pas, noyée dans une fratrie, perdue au milieu d'une cité HLM de la banlieue parisienne. Pas de fringues de marque, pas de copains dont les parents sont ingénieurs qui vivent dans les beaux pavillons Kauffman et Broad. Mes potes sont des gamins des cités voisines, cité SNCF, le Val, des immeubles PTT. Pour nous, pas d'autre choix que de celui de s'en sortir, au mieux. Tout le monde ne pourra être sauvé, la sélection sera rude. J'ai entendu plusieurs fois cette phrase : quand on touche le fond, on ne peut que se relever. Chaque personne a son fond et sa capacité de résistance puis de résilience. Je suis issu d'un milieu social défavorisé. Cette appellation a été créée par l'Education Nationale pour parler des enfants de familles nombreuses de la couche ouvrière. C'est comme une excuse de ne pas appartenir à une classe sociale qui peut se permettre de payer des études secondaires à 1,8 enfant de bonne famille, les cadres moyens voire sup. Aujourd'hui, quand on décide d'avoir un enfant, on réfléchit à ce que l'on va pouvoir lui offrir comme avenir. En 1967, on ne pensait pas de la même manière. Il y avait le plein emploi, pas d'inquiétude pour le rejeton, il aura un métier et donc un bon travail. C'était les trente glorieuses, l'après-guerre, la reconstruction, l'industrialisation. Pour mes parents, eux-mêmes fils d'ouvriers, le fait d'avoir son CAP serait un gage de réussite, de pouvoir gagner sa vie honnêtement tout en exerçant un métier utile pour la France. Je ne blague pas, il fallait se projeter dans un futur incertain pour choisir sa filière et de fait, être un bon travailleur, qui sera recherché pour son savoir-faire. Ma mère ne cessait de me répéter : travaille bien à l'école, aie de bonnes notes, soit poli avec tes professeurs. Je crois qu'elle craignait que ses enfants se retrouvent dépendants, de ne pas avoir le choix et d'être obligés d'accepter l'inacceptable. Je suis donc parti de très bas, très tôt. Je n'ai pas terminé mon cycle secondaire. Je n'avais pas le niveau pour poursuivre en seconde et tenter le BAC. Je me suis arrêté après la troisième. Collège Jean Zay, conseil de classe, orientation.

J'ai eu mon brevet des collèges, personne n'y croyait, pas même moi. Avant la fin de l'année scolaire 1984, mon sort avait été scellé. Aucune possibilité de poursuivre en seconde et de prétendre à passer le BAC, même général. Mon frère aîné avait appris un boulot à l'école Talbot de Poissy, ma sœur à l'école Pigier sur Paris pour passer son CAP de sténodactylo. L'école Boule voulait de moi mais pas mon père. Alors, je n'avais pas beaucoup d'option. Je serai Compagnon du Devoir, ferronnier d'Art. Mon parcours compagnonnique commencera par la ville de Nîmes, très loin de ma banlieue, de mes parents, de mes frères et sœurs et des copains de la cité.

Je n'avais pas encore seize ans.

7ᴱᴹᴱ ETAGE (UN JARDIN SUR LE NIL)

C'est en Août 2017 que j'ai découvert cette chanson de Daho, noyée dans un album, l'Homme Qui Marche. Comment je suis revenu à Daho…pour habiller un moment, pour mettre en musique les mots d'un SMS, pour faire rêver, étourdir, enivrer une femme. J'aime écrire, depuis peu finalement. J'ai pu mesurer l'effet d'un sms bien écrit. C'est aussi la discipline de ceux qui n'ont pas le physique agréable ou le sourire à la Tom Cruise, qui préfèrent séduire par les mots. Pour nous, les autres, nous devons faire preuve de génie afin de nous démarquer. Quand j'écris donc, je me glisse dans la peau d'une femme. Je m'efforce d'imaginer ce qu'elle aimerait recevoir d'un garçon qui s'intéresse à elle. Le choix est large, les propositions nombreuses. Je voulais une voix, une atmosphère. Offrir un moment, un voyage, quelque chose qui me ressemble, qui me résume aussi. Les voyages immobiles donc. C'est ce moment clair, où je me confonds à sa chair…. C'est nos corps emmêlés dans le lit trônant au milieu de ma chambre. C'est le matin qui vient trop vite, qui sonne le glas et surtout la sonnerie du réveil qui me tire du plumard. C'est cet instant où le temps semble suspendu, faire durer, encore, durent, durent les moments doux. C'est le feu - la soie, c'est le vent qui court sous la peau, et c'est l'apprendre, avec les doigts qui m'rend tout chose.

 Je cherchais à perdre pied, dans ces eaux troubles – plonger. Alors, je me suis jeté à l'eau, en apnée, au fond, tout au fond. Je me suis embarqué dans ce voyage, dans nos nuits d'amour, dans cette histoire que je lui faisais croire. Je rentrais le weekend à Martigues pour retrouver cette vie que j'aime près de Nancy et Louise. J'avais pris l'habitude d'aller à la médiathèque pour trouver des nouvelles musiques ou redécouvrir certains albums que je n'avais pas pu m'offrir. J'ai trouvé l'album « best off » de Daho. C'est avec beaucoup de plaisir que j'ai écouté les tubes du passé, et d'autres tellement d'actualité – intemporels. Et puis, j'ai entendu ce titre. Je ne connaissais pas cette chanson d'Etienne. Il m'aura fallu rencontrer Sandrine pour savoir, pour comprendre ce que ça veut dire « s'ouvrir ». Moi, le mec sûr de lui, un brin cultivé, serrurier métallier de formation par les Compagnons du Devoir, devenu ingénieur dans le milieu aéronautique, cadre sup d'une boite internationale… Comment ai-je pu ignorer cette idée, cet état, cette évidence, cette promesse ?

 Je crois avoir la capacité de comprendre beaucoup de chose, parce que je suis curieux et que je ne crois pas forcément le dernier qui a parlé. J'ai appris à écouter et à entendre surtout, parce que la sincérité a un ton, une sonorité. Je l'ai draguée, avec mes mots, sincères, honnêtes. Je l'ai draguée avec des musiques, des chansons, une en particulier qui aurait pu être écrite spécialement pour cette soirée. Je ne suis pas un dragueur, un beau parleur. Juste une personne qui ne croit pas toujours en son sexe à pile ou face. Souvent face d'ailleurs. Elle, elle n'a pas de marmots en bas-âge, de maison dans le Vaucluse, et, surtout, pas de mari. Et me voici, face à face, avec cette créature divine, un parfum enivrant, des battements de cils, un léger accent du sud, une femme qui fait dévisser la tête de tous les hommes qui aiment un tant soit peu les femmes, les vraies. Nous sommes dans un restaurant de la Valentine, pratiquement seuls, ce qui nous vaudra de belles intentions du personnel qui a dû capter que c'était notre premier rencard. Nous prenions notre temps, pour parler, se deviner. J'aimais sa façon d'être faussement timide, de bouger la tête, de se retenir de rire. Elle portait un jean taille trente-cinq, gris et un joli chemisier IKKS. Brune, bien maquillée, de belles mains. Je l'avais laissée passer devant moi en entrant dans le restaurant. Une fausse politesse pour voir son cul moulé dans son jean. Elle était Marseillaise, d'origine italienne. Je m'étais dit, profite de ce moment car cette femme n'est pas pour toi. Même si ma vision est complètement stéréotypée, je l'imaginais avec un homme plus grand qu'elle, un peu plus âgé. Nous devions juste boire un verre et plus si affinité. A la vue de cette créature, je me suis dit qu'il fallait profiter de boire un bon verre et de ne pas se raconter des histoires.

J'aime les belles histoires depuis toujours. Quand ces histoires se racontent en musique, avec des jolis mots et une mélodie qui sert à merveille le texte, je fonds. La chanson que je lui ai envoyée raconte une rencontre, un moment de grâce et de pudeur du cœur, ceux qui n'ont pas reçu l'amour, ceux qui n'ont pas appris, ceux pour qui aimer se manifeste par un frisson, un bouleversement intérieur indomptable qui submerge, qui recouvre tout et nous rend transis, figés, immobiles. Si les poils de votre avant-bras se sont dressés lorsque vous avez entendu cette chanson pour la première fois, alors vous me comprenez. Pour les autres, rien de grave. Nous avons tous notre propre baromètre émotionnel. Si l'essentiel n'est pas obligatoirement de comprendre les mêmes choses, d'entendre les mêmes sons, les aiguilles de nos montres indiquent la même heure, et j'aime être ponctuel quand j'ai rendez-vous avec une femme.

8EME ETAGE (BATHROOM SINGER)

J'adore la voir se balader à poil dans mon appartement. D'une part parce que je la trouve belle et méchamment gaulée. D'autre part, c'est une liberté, concentrée sur quelques mètres carrés et cette vision m'enchante en plus de m'exciter. J'aime son corps, le grain de sa peau, sa couleur cuivrée à la fin de l'été. Quand elle sort de la douche, recouverte des crèmes prestigieuses des Cinq Mondes, c'est tout un univers qui s'ouvre. C'est aussi toutes ces possibilités sexuelles avec elle. J'adore lui mordre les fesses, elle aussi, si je me fie à ses cris et aux éraflures qu'elle laisse sur mon dos.

C'est surprenant, inhabituel. Je suis pourtant très pudique. La nudité n'a jamais eu son espace à la maison quand j'étais gosse. C'était honteux. Il ne fallait rien montrer encore moins dire. Je n'ai jamais vu mes parents s'embrasser ou plus. Aucun témoignage en public, même devant nous, les mômes. Il ne fallait pas provoquer ou susciter, par une attitude ou par une tenue vestimentaire. Il ne fallait pas parler de sexe, ce mot était tabou et tout ce qu'il représente proscrit, interdit. Je n'ai jamais vu mes parents sortir de la salle de bain, une serviette couvrant un corps encore humide après une douche ou un bain. Il ne fallait pas regarder un film avec des scènes d'amour, pas de magazines ou la femme est sublimée, même pas le catalogue La Redoute pages sous-vêtements. Mon père faisait quelquefois allusion à la vie de Georges Sand ou à Sacha Guitry. A cette époque de ma vie, je ne comprenais rien à tout ça.

J'habite le cinquième arrondissement de Marseille, pas très loin de la Timone. J'ai acheté cet appartement du dernier étage, refait à neuf par un retraité d'EDF. J'ai eu le coup de cœur en le visitant. Clair, une finition soignée, des matériaux nobles et une rencontre. Monsieur F. vendait cet appartement qu'il avait acheté aux enchères. Son souhait, après l'avoir retapé, était de l'offrir à sa fille unique. Mais, comme dans toutes les familles, ça ne se passe pas comme on aimerait. Sa progéniture, l'ingrate, s'était entichée du mauvais garçon, tout ce que son père détestait. Ce monsieur m'a touché. Il s'est beaucoup confié, spontanément. Et, il m'a parlé. De ses jugements rapides et de la peine que cela avait créé. D'une première visite en vue d'une acquisition immobilière, j'ai fait la rencontre d'un homme qui cherchait à réparer ses erreurs. Il m'a parlé aussi de ses parents, en fin de vie et de la douleur de les voir diminuer, dépendants. Je crois que j'aurais aimé que mon père vive assez longtemps pour espérer l'entendre prononcer ce genre de phrase et de consacrer le reste de sa vie à prendre soin, plutôt que de cogner, gueuler et picoler. Je n'ai jamais eu le mode d'emploi avec lui, pas de notice explicative, pas de clés, encore moins les mots. Quant aux gestes, j'ai le souvenir d'avoir eu mal aux mains tellement j'avais serré les poings.

J'adore mon appart. La salle de bain est sobre, une grande douche, un meuble vasque avec un grand miroir au-dessus. Du carrelage blanc aux murs jusqu'en haut. Une niche décore mes toilettes suspendues où j'ai posé mes statues en bronze ramenées de mon voyage en Inde. Il y a une chanson, je ne sais pas si c'est Travis ou Coldplay, qui parle d'un homme dans une chambre qui entend sa femme chanter sous la douche. Elle chante parce qu'elle est heureuse, comblée par la vie qu'elle mène avec son mari. Et lui, il sourit, elle chante faux mais ce n'est pas grave.

J'ai connu des femmes, qui passaient une heure dans leur salle de bain, en écoutant Inter. D'autres qui se douchaient rapidement avant de s'en aller. Avant, c'était moi qui étais chez les autres, aujourd'hui, je suis propriétaire, unique. Avant, c'est moi qui chantais dans la salle de bain d'une femme qui m'avait ouvert sa maison. Avant, c'est moi qui avais une trousse de toilette itinérante. Aujourd'hui, je ne veux pas d'une femme de passage ou d'un instant, aussi sublime ou jouissif puisse-t-il être. Alors, même si cela paraît dérisoire ou absurde, il y a dans mon meuble de salle de bain son petit panier où je range ses produits, déo, brosse à cheveux, parfum. Parce que, même si elle ne passe que la nuit avec moi, même si elle me quitte par SMS pour la énième fois, je veux qu'elle trouve tout ce dont elle a besoin, sans avoir à chercher je ne sais quel produit qu'elle aurait oublié en faisant un sac rapidement avant de me rejoindre. C'est une petite attention, rien d'exceptionnel. Je luis fais une place et si ce n'est pas elle, ça sera une autre qui comprendra la portée de ce j'offre. J'ai connu des moments, où l'éphémère vous ramène à une triste réalité, celle d'un non-avenir, celle d'une consommation, celle d'un profil qu'on « like » sur un site de rencontre.

9ᵉᵐᴱ ETAGE (PRECISIONS)

Quand je fais ce travail de mémoire, quand j'écris, j'essaie de rester objectif, sincère, précis. La précision tient une place importante dans ma vie, mais rassurez-vous, je n'ai rien d'un maniaque. D'ailleurs, j'aime une maison avec un désordre fonctionnel, celui de nos journées, qui, d'un seul coup d'œil, raconte notre quotidien, notre actualité, tout simplement qui l'on est.

Si j'aime la précision, c'est à cause de mon père, il faut toujours un responsable. Mon père était donc très précis, au millimètre. Il travaillait sur sa planche, avec tout l'équipement du dessinateur industriel : Rotring, compas en tous genres, crayons tendres, durs. C'était devenu permanent, ce besoin de définir, de dire, tout avec précision. Pas de vocabulaire familier, chaque mot prononcé était réfléchi, pour qualifier avec justesse sa pensée. Ma mère cousait sur ses chemises les initiales du nom et prénom de mon père. Une pince à cravate, comme des boutons de manchettes aussi à son effigie patronyme. Une chevalière en or 24 carats à l'annulaire gauche aux initiales gravées. Une coupe de cheveux toujours nette, les cheveux rangés soigneusement. La moustache fine, bien taillée, égalisée presque tous les matins. Je le sais, je retrouvais les bouts de poils coupés dans le lavabo quand je me levais tôt le matin. Il se parfumait aussi, classique, avec une eau de Cologne masculine. Rien de ce qu'il était, la façon dont il se présentait n'était approximative, tout était net. C'est étrange, mais le seul truc qui clochait, c'étaient ses lunettes qu'il a portées tardivement, après quarante-cinq ans, comme moi d'ailleurs, mais les miennes, elles sont classe !

Contrairement à mon vieux, j'aime avoir les cheveux en bataille, une barbe de trois jours qui me vieillit juste ce qu'il faut pour faire mon âge, pas de bijoux. J'aime cette imprécision, ce flou, sur le physique, quand on n'ose pas vous donner d'âge par peur de se tromper, de vous vieillir. Moi, c'est plutôt l'inverse, je ne fais pas mes cinquante ans. Je n'ai jamais fait mon âge et je souhaite que ça dure, fierté masculine. Je ne m'habille pas non plus comme un quinquagénaire, je n'arbore pas les codes de notre société, d'une réussite personnelle, d'un rang social. Je préfère de loin que l'on se pose des questions à mon sujet, une façon d'être énigmatique et d'interroger. Longtemps j'ai porté mon appartenance à mon milieu social, celui des ouvriers, des populaires, de la France d'en bas. D'ailleurs, je déteste cette expression. C'est encore une manière de rabaisser ceux qui travaillent dur, qui n'ont pas eu la chance de naitre dans une famille moyenne sup. Tout ce vocabulaire est à vomir. Il est employé pour rappeler que tu appartiens à un monde et qu'un autre t'est interdit. Nous ne devons pas porter notre condition comme un fardeau, c'est déjà assez difficile comme ça, d'essayer de s'en sortir.

J'ai habité une cité, le dernier bâtiment avant une voie sans issue. Drôle comme symbolique. Je suis d'une famille de quatre enfants, seul mon père bossait. Il devait gagner deux fois le smic de l'époque, donc pas un gros salaire, enfin pas assez pour une famille nombreuse.

Il y a une expression que j'aime beaucoup : le diable se cache dans les détails. Mon père colle tellement à cette citation car contrairement à cette citation, les détails sont l'exacte définition de tous ces petits riens auxquels il faut prêter une attention maximale. En fait, rien n'est laissé au hasard, tout a été savamment étudié, décortiqué, travaillé, pour former un ensemble que l'on finit par oublier. On s'arrête sur une manière de tenir sa cigarette, de mimer son propos en utilisant beaucoup ses mains, de se retrousser les manches, de remonter ses lunettes sur son nez, de ponctuer sa diction. On apprend tout cela, dans les grandes écoles, au théâtre, au cinéma et surtout en politique. Pour les autres, on apprend les fondamentaux, parce que, même l'école laïque, publique, on ne sait pas faire autrement. Depuis Charlemagne, rien n'a vraiment changé et c'est un drame. De nos jours, les moyens manquent, sauf dans certains établissements de Paris $7^{\text{ème}}$, alors, quand on parle de l'égalité des chances au 20 heures, je me marre et je suis aussi en colère.

L'appartenance sociale, tu la trimbales toute ta vie sauf, si tu as un bol incroyable de n'avoir aucune culture mais un don au foot comme rarement vu. Ou bien, quand tu fabriques ta propre musique avec un auto-tune et des paroles engagées et une chance incroyable d'être au bon endroit au bon moment, ce qui, en terme de probabilité est de l'ordre d'un pour des millions. Pour les autres, c'est comme si tu portais un signe de reconnaissance, une marque sur le front, une étiquette sur tes fringues qui, en un seul coup d'œil, t'identifie, quelles que soient les circonstances, le lieu, l'évènement ; les années qui passent, tes activités, enfin le peu d'activité que tu fais car pour tout, il faut un peu de fric et du fric, on n'en a pas. On profitera des associations des villes socialistes qui prônent la gratuité des activités. L'idée, pour beaucoup, c'est de gagner un peu de flouze. Et quand on n'aura un peu, ça ne sera pas pour aller au musée ni pour adhérer au club hippique.

J'aime les citations, les expressions. Je suis toujours curieux de savoir d'où elles viennent et pourquoi elles ont vu le jour. C'est aussi l'histoire de notre pays, de nos régions, de notre patrimoine. J'aime surtout les expressions populaires, celles de la rue, des cités. Je n'ai pas l'impression que les bourgeois soient créatifs, enfin, beaucoup moins que ce milieu d'où je viens, que j'aime pour son authenticité et son honnêteté.

Une maille à l'endroit, une maille à Lambert.

10EME ETAGE (DIX CM)

La vie se réduit à des petits riens, ces petits riens qui sont déjà beaucoup. C'est comme la chanson de Gainsbourg. Le chiffre dix par exemple. Les dix doigts de la main, les dix commandements, les dixit. Pour moi, ce chiffre symbolise une marche, sachant que la hauteur standard d'une marche est de quatorze à dix-huit centimètres. Dix centimètres qui auraient changé ma vie. Nous avons tous nos défauts physiques, ces imperfections qu'on ne supporte pas. Celles qu'on aurait aimé gommer, mieux, que l'on aurait préféré ne pas avoir. Moi, c'est l'inverse. J'aurais voulu avoir, dix centimètres de plus. Je me souviens d'une scène du grand bleu. Jacques Mayol sera champion de plongée en apnée avec un record à cent dix mètres. Le soir du même jour, Enzo Molinari invitera son ami Jacques à dîner et lui fera deux cadeaux : un dauphin en cristal et un mètre de couturière. Ce mètre, c'est la distance qui sépare ces deux hommes du record du monde de plongée en apnée. Enzo ajoute :

- Garde ce mètre mon ami, cela te fera un souvenir quand j'aurai battu ton record.

Dix centimètres, c'est plus petit qu'un smartphone. Plutôt dérisoire en somme. Mais, imaginez, chaque jour, depuis des années, des dizaines d'années, pratiquement cinquante ans, que l'on m'explique qu'il me manque dix centimètres, ça commence à faire une sacrée distance. Rien qu'une année, cela représente trois mille six cent cinquante centimètres. Sur la totalité de vie, à cet instant T, cent quatre-vingt-deux mille cinq cents centimètres. De quoi alimenter un mal-être qui fera le ravissement des psys. D'ailleurs et en règle générale, je préfère une femme comme thérapeute. Je pense qu'une femme sera plus sensible, plus à l'écoute, à la préoccupation d'un homme qui a voulu séduire à l'âge de l'adolescence. Je me suis fait recaler tellement souvent. Je crois que le pire des souvenirs, c'est cette jeune fille, Cécile Répiso à qui j'avais fait des avances, qui a dit à sa copine : je ne veux pas lui faire de mal. Ce genre de paroles, on ne les oublie pas. Elles ont un écho, parmi les copains et copines de l'époque. Elles vous collent à la peau, comme un tatouage, comme un écriteau, comme une cicatrice qui ne se referme pas, comme une maladie terriblement contagieuse. J'étais devenu le jardinier du collège, à collectionner les râteaux.

Alors, comme Jacques Mayol, comme Enzo, comme beaucoup, j'ai mes blessures, mes failles. Il y a un mot que j'aime bien en français, comme en anglais même s'ils ne s'écrivent pas de la même façon. C'est failure, fêlure. J'aime les fêlés disait Audiard, parce qu'ils laissent passer la lumière. J'aime les failles, celles qu'on voit, celles qui ne sont pas planquées, comme une cicatrice en travers la gueule qui vous défigure ou au contraire, qui vous rend désirable genre Jeoffrey de Peyrac ou Albator. Oui, j'aime mes failles, j'en ai fait des victoires, des réussites. Je ris quelquefois quand je me rappelle certaines phrases prononcées trop vite, sans réel fondement, juste un jugement immédiat. A ceux qui m'ont catalogué au rang des moins que rien, des médiocres, je les imagine tels que je les ai laissés, à la même place, portant le même costume. Ils auront vieilli, porteront les mêmes vêtements d'autrefois. Ils ne seront pas différents, ils n'auront pas changé. Juste vieillis. C'est terrible la bêtise, c'est même parfois déprimant, ça ne change pas, ça traverse le temps et ça se répand.

Alors, pourquoi je vous parle d'Enzo et de Jacques ? Parce que j'ai grandi mais pas suffisamment pour être à la taille masculine standard. Les hommes doivent mesurer au moins un mètre soixante-dix. Moi, il m'a manqué dix centimètres pour être standardisé. J'en ai bavé, comme tous les souffre-douleurs, quelle que soit l'espèce. Que ce soit à l'école puis au collège. Même chez les cadets des sapeurs-pompiers, on se payait ma tête. J'étais toujours le plus petit. J'ai passé des années à entendre les mêmes blagues débiles. A la longue, je ne réagissais plus et c'était préférable car quand je me rebellais, je prenais des coups parfois ou pire, je me retrouvais cerné par de nouvelles têtes très courageuses qui, comme une foule en liesse, en donnaient de plus belle. Enzo toise Jacques, parce qu'il est plus grand, plus costaud mais il sait au fond de lui que Jacques a quelque chose d'exceptionnel. Du courage. Longtemps, j'ai cru que j'étais ce garçon trop petit. Les années ont passé et j'ai compris, que la taille ne suffit pas pour être un homme, c'est aussi pour ça que j'aime les pygmées, les zoulous, les gueules cabossées, les héros si discrets, parce qu'ils ont autre chose de plus généreux et de courageux que la moyenne, que les standards. Je me reconnais en ces tribus, en ces zèbres. Je m'identifie à ceux qui ont lutté, ceux qui ont dû combattre les préjugés. D'ailleurs, c'est quoi un préjugé ? Celui qui parle le dernier est le plus fort ?

Quand vous passez la moitié de votre vie à devoir prouver que vous êtes parfaitement normal, que vous n'avez pas été élevé en étant nourri au poulet aux hormones, que je ne suis pas qu'une moitié, que je n'ai pas grandi sous la commode du salon, je peux vous garantir qu'avec le temps, les quolibets, les insultes, les moqueries en tout genre, votre caractère devient en acier trempé, résistant à tout et même ce qui est inimaginable. Je suis un résistant, un survivant, je viens de loin, de l'ombre, du néant et je marcherai dans la lumière. J'ai décidé d'être brillant plutôt qu'être un géant, chacun son truc, moi j'ai trouvé le mien.

15ᵉᵐᵉ ETAGE (L'ORDRE & LA MORALE)

Notre monde est fait de conventions, de règles à observer, de devoirs à remplir, d'un tas de choses dont nous devons nous acquitter, qu'il est convenable de suivre en société. C'est d'un chiant ! Dès que nous franchissons ces codes, notre action, notre personne est cataloguée comme immorale. C'est un comble. Par exemple, en Inde, les castes sont considérées comme un système garantissant une stabilité et aussi un mode de développement, une pérennité. Je n'ai jamais suivi de cours de philosophie. Il aurait fallu que j'aille en terminale, mais je n'ai pas eu cette chance. Ce que je sais de la philo, c'est qu'il faut être curieux, ouvrir les livres, lire les grands auteurs pour se construire une base référentielle et nourrir son esprit critique. Sauf que moi, j'aime aller à contrecourant. Je suis tombé sur cette phrase de Donatien Alphonse François Marquis de Sade :

« Ne contiens donc point, nargues tes lois, tes conventions sociales et tes dieux ».

La morale serait-elle une convention sociale ? Je crois que le problème est de savoir si l'obligation morale n'est rien d'autre qu'une obligation sociale n'étant alors jamais qu'une obligation parmi d'autres, relative à une société donnée et donc jamais absolue, ou si l'obligation morale est au contraire irréductible à l'obligation sociale, relevant alors d'un ordre absolu et universel, jamais identifiable à l'ordre des faits particuliers. Si la morale est un ensemble de principes de jugement, de règles de conduite relatives au bien et au mal, de devoirs, de valeurs, parfois érigés en doctrine qu'une société se donne et qui s'imposent à la conscience collective, peut-elle être aussi strictement individuelle, c'est-à-dire ayant pour origine ma propre conscience ? Je me le demande. La morale en définitive c'est ce qu'est le bien et le mal. Platon préfère évoquer le « bien » et le « beau », le « mal » il n'en parle pas. Ça ouvre un peu plus le champ et donne la possibilité à chacun d'aller vers cette notion, cette recherche du « bien ». La morale c'est trouver la vertu absolue. C'est une voie un peu différente de l'opposition simple du bien et du mal. Comme si tout pouvait être aussi simple, il y a des zones grises, claires et foncées. On en a fait des chansons aussi, comme quoi, la personnalité préférée des français ne se trompe pas.

Ce qu'on m'a appris à l'école primaire quand les instits donnaient ce genre de cours, c'est la morale du « bien » et du « mal », qu'il faut faire son devoir. C'est plutôt ce que j'ai retenu en premier, même si ça ne me plaisait pas des masses et que je ne trouvais rien de moral. N'y a-t-il pas des morales, des bons comportements, selon le type de société, selon l'endroit où on se trouve, selon si on est dans l'espace public ou au sein de sa famille. Je me demande si les émotions viennent avant la raison ou inversement. A priori, en ce qui me concerne, ce sont les émotions qui viennent au départ. La deuxième origine de la morale c'est la société, l'éducation et les lois, les lois érigées par la société. Et puis, la troisième origine de la morale, ce sont les croyances, et surtout, nos propres croyances.

Il y a soixante ans les personnes qui avortaient risquaient la peine de mort, et de nos jours l'avortement est remboursé intégralement par la sécurité sociale. Ce qui veut dire qu'en très peu de temps on est passé d'un extrême à l'autre. C'est dingue ! Qui aurait pu prédire ce renversement de situation ? Est-ce que ça n'interroge pas quelque part la notion de morale ou de folie ? Allez aux States, vous verrez que dans certains états vous risquez la prison si vous voulez avorter. Pire, il y a des personnes qui prennent position devant les centres d'avortement pour empêcher une pauvrette de ne pas gâcher sa vie et celle du petit qu'elle va mettre au monde. Je me fiche de la religion, celle-là même représentée par des personnes qui abusent d'enfants. A vous les Cathos qui défendaient Mgr Barbarin, ce ne sont pas vos enfants qui ont été abusés et dont la vie est détruite.

La morale n'a jamais été une question de lois même si elle peut les inspirer. La morale c'est avant tout la recherche d'évolution individuelle et collective vers une valeur supérieure, vers un bien être, vers « le Bon » « le Beau » des êtres qui peuplent cette Terre. En tout cas l'expression qui revient à la mode est « c'est une belle personne ». Ça veut dire quoi au juste.

On parle de bonne conscience, de mauvaise conscience mais il y a toujours eu des règles, des attitudes qui étaient fonction de la prise de conscience de quelque chose. Je ne sais pas bien comment expliquer mais il y a la conscience, la partie de consciente, quelque chose de mouvant, en mouvement. On ne peut pas considérer la conscience comme quelque chose d'établi et qui serait intangible. Tout ce mouvement est lié à l'évolution des mœurs, à l'évolution d'une société dans toutes ses acceptions, y compris économiques, juridiques ou politiques.

Ce que je veux dire c'est que ça touche tous les champs de la vie sociale. C'est peut-être une chose d'inné au départ mais qu'on développe au cours du temps. Beaucoup de choses me surprennent encore. Les expressions comme « gendre idéal ». Les présentateurs télé ou du JT par exemple sont considérés comme des modèles. Ils sont nets, beaux gosses, utilisent la bienveillance comme langage universel, prennent la lumière, en un mot, ils sont impeccables. Je me suis donc demandé ce que serait leur contraire. J'ai découvert l'adjectif peccable. C'est un mot nouveau pour moi, je me suis dit : effectivement si on n'est pas impeccable on est peccable. La peccabilité c'est le fait d'être un pécheur ou enclin à pécher, au péché originel qui est de l'ordre du mythe et qui représente peut-être cette loi morale qui est en nous. C'est dingue, c'est bien la première fois que j'entends ce mot : peccable. A placer dans un dîner, ça vaut 1000 points.

Je me suis dit aussi que les règles morales, on le voit dans la société, c'est quelque chose qui évolue et ça devient dangereux quand ça se transforme en dogme. J'ai vu sur Arte un documentaire sur Confucius. « Les pensées » de Confucius est vraiment un petit traité de moralité, de règles morales tout à fait universelles. Il ne se trouve qu'en Chine à l'heure actuelle ça devient très, très dogmatique et ça sort un peu de l'esprit de Confucius. D'après le documentaire et si j'ai bien compris, ça devient un peu comme le « Petit livre rouge » de Mao. Je pense que la morale et les règles morales ne doivent pas devenir des dogmes. C'est quelque chose qui doit être éclairé par la conscience individuelle de chacun, ça peut tout de même devenir un sacré bordel. D'autres mots, en verlan, ils disent peut-être la même chose que ce que disait Confucius à son époque. On voit bien qu'il y a des lois humaines qui traversent le temps.

Il y a à prendre et à laisser, dans les écrits, dans les films, dans l'histoire. Je pense que la morale est un cadre et qu'on peut aussi construire son propre cadre. Ce cadre rassure, surtout à l'époque dans laquelle on vit. On a besoin de se construire des choses qui vont nous rassurer. La morale qui peut être une morale personnelle ou une convention sociale c'est rassurant. Mais, effectivement, il ne faut pas que ça devienne quelque chose de trop rigide, même pour soi-même. Il faut quand même avoir conscience de son imperfection même si c'est plus facile à écrire qu'à faire pour qu'effectivement la morale se cultive au jour le jour.

La morale c'est simplement, à un moment, la mise en œuvre d'une pensée dominante. La pensée dominante, aujourd'hui le libéralisme économique, l'ultra-libéralisme, va développer une morale qui va dans le sens de ses intérêts. Vive moi et la Macronie.

Peut-être que nous sommes dans une société qui est de plus en plus individualiste. En tous cas qui met en exergue l'individu, la liberté, l'épanouissement personnel. Ça vient peut-être en conflit, justement, avec les lois sociales. C'est l'excès qui est mauvais. Il faut trouver un équilibre entre la réflexion et l'émotion. On vit dans un monde de plus en plus émotionnel, qui va de plus en plus vite, de plus en plus dans la réaction où personne ne prend vraiment la peine d'analyser les choses. On en arrive à des fonctionnements purement réactifs, presque hystériques. En tout cas, la bonne morale ne va pas sans le jugement des autres. Une personne qui est jugée comme étant une belle personne, qui a une bonne morale, cela ne peut se dire qu'en société, il faut faire partie d'un groupe. Il y a une différence entre la morale individuelle et la morale sociétale. Un individu qui estime avoir une bonne morale va être considéré à une autre époque, dans une autre société, comme mauvaise.

Je citerai cette phrase de Léo Ferré qui correspond à ce qui vient d'être dit : « N'oubliez jamais que ce qu'il y a d'encombrant dans la morale, c'est que c'est toujours la morale des autres. ».

L'enfer est pavé de bonnes intentions. Un bon comportement n'est-il pas plutôt un comportement effectivement juste, approprié à la situation ? Le bon comportement serait alors celui qui allie conviction et responsabilité.

Albert Camus a dit :

« Chaque génération, sans doute, se croit vouée à refaire le monde. La mienne sait pourtant qu'elle ne le refera pas. Mais sa tâche est peut-être plus grande. Elle consiste à empêcher que le monde se défasse. »

Que dire de la prochaine génération. Vous allez en chier - grave !

18ᵉᵐᵉ ÉTAGE (PICTURE OF U)

J'écoute souvent Inter, première radio de France. Le matin essentiellement, quand je vais bosser. Je suis un lève-tôt, j'aime pouvoir profiter de ma journée. C'est une habitude, depuis mon enfance, d'être réveillé de bonne heure pour être parmi les premiers sur le pont comme disait mon père. Il me faut une heure pour aller au bureau, cela peut paraitre long comme temps de trajet pour la région PACA mais j'y suis habitué. D'autre part, c'est comme un sas, un temps qui m'est accordé pour écouter et continuer à découvrir, apprendre et me réveiller. Enfin, je veux dire me réveiller intellectuellement, pour être fin prêt quand j'arrive au bureau. C'est aussi le matin que je travaille le mieux, avant le balai habituel des visites matinales que j'aime tant.

J'aime rouler, avec la voiture de fonction mise à ma disposition. Un privilège très appréciable d'avoir une voiture de dernière génération, très confortable et connectée. La technologie nous permet de ne plus avoir une flopée de branchements à réaliser pour écouter de la musique sur tel ou tel appareil. Simplicité, efficacité, réactivité, tout ce qui me plait. Et je ne vous dis pas quand votre smartphone obéit à la voix, le top !

Il me faut une heure le matin, un tout petit peu plus le soir pour réaliser le trajet pour aller et revenir du bureau. Peu de circulation car je suis dans le sens opposé de entrées et sorties de bureaux. Marseille est l'une des villes les plus embouteillées de France alors, je me sens privilégié de ne pas faire du tape cul tous les jours, matin et soir. Ma voiture est une pièce supplémentaire de mon appartement, de mon bureau, pas un piège à minette comme de nombreux babaos marseillais, mais plutôt un espace confiné, réservé. Je pense que c'est assez masculin comme sentiment. Je profite de mes déplacements quotidiens pour appeler la famille, c'est pratique, intime. Compte tenu de l'heure à laquelle je quitte le bureau, c'est d'abord ma sœur que j'appelle. Elle travaille sur Paris depuis quelques temps, deux journées en télétravail, ce qui est très confortable et qui lui évite les joies des transports en commun et des grèves ou problèmes techniques à répétition pour regagner son domicile en banlieue, du côté de Cergy.

J'adore ma sœur, elle m'inquiète souvent, m'exaspère aussi parfois comme moi certainement. Mais, nous avons un truc familial, qu'on se partage avec mon frère aussi, un héritage ou plutôt un apprentissage. Celui de la mémoire principalement, de savoir d'où nous venons, et celui des efforts et du travail que nous avons dû produire, réciproquement, individuellement, personnellement. Et notre insatiable curiosité, héritage paternel, enfin, je l'identifie comme tel, qui nous pousse vers l'avant, nous tire vers le haut. Ce qui nous différencie, entre frères et sœur, c'est la confiance en nos actions, décisions, capacités. Je ne sais pas exactement pourquoi, j'ai mon explication. Certainement, ses relations maritales, amoureuses. A trop vouloir faire bien, pour l'autre, quitte à s'oublier. Je crois que ce qui m'a le plus choqué, c'est le jour où je suis allé chez elle. Je l'ai trouvée en jogging à regarder le grand prix de motos à la télé. Elle qui était danseuse classique. Combien d'années passées en première, seconde, quatrième, plié-relevé, battement -fondu, tout ça pour terminer, les fesses sur un canapé à mâter des gros cubes ? Ce n'est pas ma sista, même si Michel était sympa.

> *Dans mon bolide d'acier et d'argent,*
> *Je file, tel le vent,*
> *Passant les cimes et les péages,*
> *Dans un déferlement,*
> *D'art, de mots, d'harmonie d'images,*
> *Personne dans mon rétro,*
> *Pas même un nuage,*
> *Juste un fil rouge comme sillage.*

Le matin, je roule vers l'Est. L'A8 est bien orientée, j'aime ces rayons du levé lever. Le Soir, sens opposé, je rejoins l'Orient, la ruée vers mon Ouest, je rentre chez moi. J'écoute la musique, celle que j'ai téléchargée ou copiée, des albums que j'emprunte à la médiathèque. YouTube aussi, comme Shazam, quelles belles inventions. Tout est disponible, immédiat. Je monte le son, suffisamment pour ne plus entendre le moteur. En ce moment, j'écoute un titre, enfin, je redécouvre une chanson. Elle me rappelle ma sœur. Ma frangine, je ne sais pas comment elle fait, a toujours des photos que je n'ai jamais vues pour quelque unes, d'autres dont je me souviens à peine. Des images en noir et blanc, mes préférées, de notre enfance, de nos parents. Et d'autres encore, de réunions de famille, de nos agapes de fin d'année. Dans son petit appart, chaque espace est occupé par des cadres à photos. Une nostalgie du passé, les vestiges du temps qui passe et des bons moments partagés. Alors, quand j'ai réentendu cette chanson des Cure, j'ai fait ce lien, facile et tendre. Celui des visages dont on ne veut rien oublier et pour certains qu'on aurait aimé faire renaitre, encore un peu.

> *I've been looking so long at these pictures of you*
> *That I almost believe that they're real*
> *I've been living so long with my pictures of you*
> *That I almost believe that the pictures*
> *Are all I can feel*

> *Remembering you standing quiet in the rain*
> *As I ran to your heart to be near*
> *And we kissed as the sky fell in*
> *Holding you close*
> *How I always held close in your fear*
> *Remembering you running soft through the night*
> *You were bigger and brighter and whiter than snow*
> *And screamed at the make-believe*
> *Screamed at the sky*
> *And you finally found all your courage to let it all go*

Remembering you fallen into my arms
Crying for the death of your heart
You were stone white, so delicate
Lost in the cold
You were always so lost in the dark
Remembering you, how you used to be
Slow drowned, you were angels
So much more than everything
Hold for the last time then slip away quietly
Open my eyes, but I never see anything
If only I'd thought of the right words
I could have held on to your heart
If only I'd thought of the right words

I wouldn't be breaking apart
All my pictures of you

Looking so long at these pictures of you
But I never hold on to your heart
Looking so long for the words to be true
But always just breaking apart
My pictures of you

There was nothing in the world
That I ever wanted more
Than to feel you deep in my heart
There was nothing in the world
That I ever wanted more

Than to never feel the breaking apart
My pictures of you

20ᵉᵐᵉ ETAGE (HURT)

Je n'ai jamais été tenté par des expériences de consommation de produits euphorisants ou plus encore. Le mot drogue était associé plutôt à la dépendance à l'alcool et au tabac. Deux produits largement consommés avec abus par mon père dont les effets étaient plus dévastateurs que sympathiques. La drogue, c'était à la télé, le LSD utilisé par le gouvernement américain pour que les GI montent au combat au Vietnam ou encore, Sherlock Holmes qui fumait de l'opium parmi d'autre substance qu'il prenait régulièrement. Dans le milieu de la mode, la cocaïne fait l'unanimité. Tu ne manges pas, tu ne dors pas, tu as une patate d'enfer, c'est chic et réservé aux *people* parisiens, qui se retrouvent dans les mêmes endroits à la mode, qui fréquentent les mêmes *people* histoire de ne pas se mélanger au bas peuple. Se droguer, c'est comme une revendication à ne pas être dans les standards, comme si les standards étaient dangereux, politiquement, économiquement. Fumer un pétard, c'est cool. Sniffer une ligne de coke, c'est être branché. La cocaïne n'a jamais été aussi bon marché qu'en ce moment. La première fois que j'ai fumé un joint, c'était avec mon frangin. Il travaillait sur Paris, avenue des Champs Elysées et côtoyait d'autres jeunes qui fumaient. Je me souviens exactement du lieu où j'ai tiré sur le cône aromatisé aux herbes marocaines. C'était à Treignac, dans la tour du village qui sert de point de vue panoramique. A vrai dire, je ne savais pas à quoi m'attendre. J'avais juste une crainte, c'est de perdre le contrôle. Il faisait beau et chaud, c'était en début d'après-midi du mois d'Août. A cette heure, le village roupille. Normal, l'âge moyen de la population doit avoisiner les soixante ans. Nous étions trois, mais je ne me souviens pas du troisième. Je trouvais ça joli, un cône, bien roulé, régulier, et dès qu'il fut allumé et que les premières lattes furent tirées et recrachées, le joint commença à tourner. En fait, ce qu'il faut savoir aussi, c'est que plus tu te rapproches du filtre, plus l'effet est intense. Quand le joint m'a été tendu, j'ai fait comme si j'avais l'habitude. J'ai tiré à mon tour, retenu la fumée quelques instants, puis je l'ai passé à mon frangin. C'est là, à ce moment précis que j'ai ressenti les premiers effets. D'abord, j'ai eu la sensation que mon crâne se durcissait. Puis, des bourdonnements. J'ai eu cette impression que tout allait vite mais c'est l'inverse. Tout ralentissait, le temps essentiellement. Et puis, j'ai eu très faim, puis soif, terriblement soif. On s'est regardé avec mon frangin et le pote, pour voir si on avait l'air défoncé. A part les yeux un peu rougis, je crois qu'on se faisait remarquer surtout parce qu'on se marrait pour des trucs débiles que l'on voyait et qui d'ordinaire, nous laissent pantois. Je crois qu'on est resté en l'air pendant deux heures. Puis, on est redescendu, en douceur.

Cette première expérience m'aura appris quelque chose : je ne serai jamais un bon client pour les revendeurs de cannabis. Je connaitrais plus tard des personnes qui sont incapables de commencer leur journée sans avoir fumé un joint. Je trouve cela tellement triste et médiocre que la fumette ne fait et ne fera jamais partie de mes us et coutumes. Il m'arrivera, parfois, de tirer une bouffée sur un pétard en soirée mais suffisamment rarement pour que cette épisodique consommation soit caractérisée. Je crois que ce que je n'aime pas, c'est la dépendance, sous quelque forme que ce soit. Je suis certain de ne pas avoir une envie répétée et irrépressible de faire ou consommer quelque chose sans motivation. Quand je décide de faire, c'est que je suis motivé. Alors, si je devais avoir une addiction, je choisirais les femmes. Mais cette déclaration mérite des précisions.

Je ne suis pas misogyne, bien au contraire. Ce que j'admire le plus chez les femmes, c'est le courage. Contrairement aux hommes, enfin à la plupart d'entre nous, c'est la prise de décision, concernant le couple par exemple. C'est parfois brutal d'ailleurs, un sursaut après vingt années de vie commune et hop, c'est terminé. Les femmes ne tergiversent pas. Nous les hommes, nous aimons les séries, les feuilletons à rebondissements, les adieux fracassants, les retrouvailles larmoyantes et surtout celles sur l'oreiller. Il faut que ça dure, et que nous gardions cette impression de décider, jusqu'au jour où. Je crois aussi que c'est pour cela qu'une certaine catégorie de consommateurs de produits deviennent addict. Désinhibé, alors il devient facile d'être celui dont on rêve. Comme il est facile aussi de se cacher, de masquer une fragilité en échappant à une réalité difficile à assumer.

Beaucoup d'artistes ont écrit sur leur addiction, à l'alcool, à la drogue après une énième cure de désintoxication. Pour moi, la plus belle chanson a été composée et chantée par Trent Reznor, leader charismatique de Nine Inch Nails. *Hurt*, c'est une blessure, une conscience mais surtout une addiction et aux ravages qu'elle engendre.

Je me suis blessé aujourd'hui
pour voir si je ressens encore quelque chose
Je me concentre sur la douleur
la seule chose qui soit réelle
l'aiguille déchire un trou
cette vieille piqure si familière
j'ai essayé de la faire disparaître
mais je me souviens de tout
Que suis-je devenu?
mon cher ami
tous ceux que j'ai connu
ont disparu
et tu pourrais l'avoir
mon empire de misère

Je te décevrai
Je te ferai du mal

Je porte cette couronne d'épine

assis sur mon trône de menteur
plein de rêves brisés
que je ne peux réparer
sous les tâches du temps
les sentiments s'évanouissent
tu es quelqu'un d'autre
Je suis toujours bien ici

Que suis-je devenu?
Mon cher ami
Tous ceux que j'ai connu
ont disparu
et tu pourrais l'avoir
mon empire de misère

Je te décevrai
Je te ferai du mal

Si je pouvais recommencer
Un million de miles plus loin
Je voudrai me préserver
Je voudrai trouver une issue

Si l'amour est une drogue, alors je veux bien être addict. Je ne vais pas fredonner *addicted to you* d'Avincii, même si j'adore le clip. Si je dois être envahi par une sensation, je veux bien que le sol se dérobe sous mes pieds, sentir le pouls de ma carotide frapper fort et s'accélérer, quand tous les parfums, toutes les odeurs fortes et enivrantes, se révèlent et envahissent mon espace. Quand j'ai peur, quand je suis pétri devant un corps dénudé, quand je redeviens un jeune premier pour une première nuit d'amour Quand je prends 2G quand je vais la retrouver, quand je ne sais plus quoi me mettre sur le dos, quand les minutes s'étirent quand je sais que je vais l'embrasser, la dessaper, la pé-cho. Et puis, quand tout cela disparait, insidieusement, sans bruit, discrètement, sournoisement, je tombe, dans ce manque, dans ces absences, de tout ce qui n'est pas, tout ce qui n'a rien à voir avec l'amour, quand je crois que je ne connaitrais plus jamais ce frisson.

30ᵉᵐᴱ ETAGE (RETURN TICKET)

J'ai toujours aimé les aéroports mais je ne le savais pas. Je ne l'ai découvert que tardivement, vers trente ans. C'est à cet âge que j'ai pris l'avion pour la première fois, je voulais m'évader, m'enfuir, quitter le vieux continent et ses vieilles habitudes, ses vieux quartiers, mettre un boulevard aux râleurs qui ne se déplacent même plus pour aller voter mais qui sont les premiers à gueuler quand leur petit confort est menacé.

J'ai acheté un billet aller-retour CDG - Madras, maintenant on dit Chennai, je préférais Madras. J'ai voyagé avec une compagnie allemande avec une première escale à Heathrow. Quand on se déplace tout seul, quand ce premier vol est une initiation, l'angoisse peut rapidement vous gagner, à se retrouver dans un lieu totalement inconnu, immense, dont les codes vous échappent. De plus, l'anglais n'est pas ma langue maternelle, tout cela représente suffisamment de bonnes raisons pour paniquer. Or, je suis doté d'une extrême patience. Je crois l'avoir hérité de mon père. Dans un milieu qui semble hostile, je pense que c'est la capacité à survivre de ma mère qui me guide, quel que soit le lieu. Cette combinaison d'un héritage non soumis au fisc et aux droits de succession m'a permis de me sortir de nombreuses embûches.

L'aéroport d'Heathrow est l'un des plus grand d'Europe. Pour mon premier séjour à dix mille kilomètres de chez moi et plus de seize heures de voyage, je n'avais pas choisi la facilité. Je me disais, cela ne devait pas être compliqué. Je n'avais qu'à suivre les panneaux « connexion » en sortant de l'avion.

Je crois que je n'ai jamais autant marché. C'était interminable. Les couloirs s'enchainaient à gauche, tout droit, à droite, en haut et toujours ce pictogramme jaune au plafond. Bien que le temps d'escale entre les deux vols fût largement suffisant, pour faire du shopping en Duty free par exemple, je me suis empressé de trouver ma salle d'embarquement pour Madras. Le sol de la salle d'embarquement est carrelé. Je trouve le carrelage vieillot, comme si ces installations avaient été construites il y a fort longtemps. Les vitres sont fumées, comme si on devait se protéger d'un soleil qui doit briller que trois jours par an. Les sièges sont alignés, proprement, en rang d'oignons et d'un confort sommaire. L'éclairage est blanc, insupportable à la longue. Finalement, cette salle d'embarquement pourrait être n'importe quelle salle d'embarquement de n'importe quel aéroport international.

Sur les monitors, en lettres capitale, MADRAS. Je suis donc au bon endroit. Au fur et à mesure, la salle se remplit. Certains passagers sont lourdement chargés. Des valises de petit format, en tissus fleuri d'un autre temps sont rassemblées aux pieds de familles nombreuses, des hommes et des femmes ayant la double nationalité. C'est un théâtre, c'est une scène où les acteurs se déplacent, s'assoient, se relèvent, vont et viennent. Je ne le savais pas à cet instant précis mais ces moments seront déterminants dans ma vie future. Au départ de Roissy CDG – terminal 1, l'agent d'enregistrement m'avait annoncé que j'aurai à confirmer mon siège sur le deuxième vol au départ d'Heathrow. C'était la première fois que je prenais l'avion, alors, je ne lâchais pas le comptoir de la compagnie en espérant que quelqu'un allait arriver rapidement. C'est étrange que quand on observe le temps, il ne va pas aussi vite. J'ai dû scruter ma montre des centaines de fois pendant ma connexion.

Une heure avant le décollage pour Madras, une jeune femme vient prendre position derrière le comptoir. Je peux deviner ses gestes, ces mêmes gestes que j'apprendrai plus tard en travaillant à Roissy. Elle se connecte au réseau aéroportuaire, affiche le vol sur les monitors. Et là, je vois mon vol apparaitre et ma destination finale : Madras. Enfin rassuré, de ne pas mettre trompé, de ne pas être perdu dans ce gigantesque aéroport. Comme indiqué à Roissy, je me suis présenté au comptoir pour récupérer ma seconde carte d'embarquement. Mon carton m'est remis, une place en début de cabine, côté hublot. Je me sens vraiment soulagé et heureux. Je profite de cette heure pour me balader, regarder les avions en escale par les grandes baies au verre tinté. Je tourne, vire et reviens sur mes pas, prêt à monter à bord de ce magnifique Airbus A340 qui va voler près de dix heures pour se poser en Inde. Nous sommes au moins de juillet 1997, c'est mon premier voyage qui restera gravé à jamais dans ma mémoire tant par la beauté et la laideur qui se confrontaient à chaque pas, des parfums enivrants et des odeurs pestilentielles, des visages fins d'autres burinés, abimés par le temps et les conditions précaires. Une expérience initiatique mais dont le rite m'était totalement inconnu. J'ai appris, affronté des situations totalement déstabilisantes avec le peu d'anglais qu'il me restait de mon passage au collège. D'ailleurs, je crois que le système éducatif de l'époque, les langues notamment, n'était pas adapté. Je suis resté en Inde du Sud pendant deux mois. J'ai traversé des paysages somptueux, vu des couchers de soleil comme nulle part ailleurs. Je me suis réveillé à l'aube pour voir la lumière embraser les collines du Kerala. Je me suis perdu dans les temples hindous envahis par les camelots. J'ai appris à circuler à moto, à réparer ma Enfield. J'ai bu le tchaï massala, moi qui n'aimais pas le thé. J'ai rencontré des gens qui m'auraient donné leur chemise, d'autres qui m'auraient dépouillé de tout. J'ai dû réapprendre à manger pour ne pas chopper la tourista. J'ai découvert un pays, une culture, une condition de vie, de survie. Je suis moi-même un survivant. Ce pays m'a appris une chose, la survie et ma capacité à m'adapter. J'ai toujours serré les dents, J'ai pris des coups, je me suis relevé à chaque fois, plus fort, plus résistant. D'être ailleurs, dans un pays qui n'était pas le mien m'a ouvert les yeux sur le regard des autres, les conventions et le poids du rang social. La société indienne est organisée en castes. Un ouvrier ne pourra jamais prétendre épouser une avocate. J'ai compris aussi que notre vieux continent est régi aussi par ces mêmes règles, invisibles mais pourtant bien réelles. Je suis le fils d'un monde ouvrier, de la France d'en bas, de ceux qui doivent bosser dur et se lever tôt.

Je suis rentré en France après avoir passé deux mois sur le sol hindou, avec un excédent bagage insoupçonnable et indétectable à la douane. Arrivé à Roissy, je m'attendais à cette question :

- Avez-vous quelque chose à déclarer ?

Je parcourais les couloirs des salles de débarquement et le cheminement réservé aux passagers en provenance de vols internationaux. Mes pas furent stoppés par la queue aux bureaux de la P.A.F. Mon tour est arrivé rapidement. Dans la guitoune, un policier moustachu qui saisit mon passeport et le passe au fichier. Un coup de tampon, et un « bonne journée » en guise de salutation. Puis, je monte vers les salles de livraison bagages. A CDG1, les livraisons bagages sont à l'étage, ce qui coûte un fric monstre à entretenir. Les tourniquets étaient déjà actionnés et les bagages de toutes les couleurs et tailles remplissaient les tapis. Nous sommes environs trois cents à attendre nos valises. Les chariots devenus rares dans la salle de livraison. C'est comme un parking de supermarché les veilles de fêtes. Tout le monde à son chariot et on attend. Tous les yeux sont tournés sur le tapis qui se remplit au fur et à mesure. Le moindre centimètre situé près du tourniquet est squatté. Je suis comme tous ces gens, j'attends. Et puis vient la délivrance, j'aperçois ma valise. J'arrive à me frayer un chemin pour l'attraper et quitter cette cohue. La sortie est à dix mètres. Juste devant, la Douane. Trois agents se tiennent juste devant les portes coulissantes. J'arrive à leur hauteur mais pas de question, juste un rapide coup d'œil au TAG de mes bagages. Pourtant, j'avais préparé une réponse :

- Oui, j'ai quelque chose à déclarer : partez en Inde, perdez-vous dans les rues qui se ressemblent toutes, prenez le temps de boire un tchaï-massala sur les ghâts le soir, quand le soleil embrase le Gange. Asseyez-vous, respirez, contemplez, méditer et soyez heureux, simplement.

33ᵉᵐᴱ ETAGE (HEURES HINDOUES)

Au fur et à mesure que j'écris, je m'aperçois que dans la plupart de mes chapitres, je fais un clin d'œil à un artiste, pour une chanson. Une musique, une interprétation, un texte qui me fait dresser le poil, une émotion. Je suis, je crois, un amoureux de l'émotion. Combien de fois je me suis imaginé vivre cet instant de vérité, de justesse, de restitution. Je crois que j'aimerais toucher du doigt ce talent, de provoquer cette émotion, de ne pas laisser indifférent à travers un morceau de ma vie, ma vérité qui se diffuserait à travers de parfaits inconnus pour qui ces paroles seraient aussi leurs vérités. Si je vous dis « Mistral gagnant ».

Je suis chez moi, le soir, après le labeur. J'ai bien travaillé, rencontré quelques contrariétés que je vais vite oublier parce que je vais agir, prendre des décisions. Je vis seul dans mon loft du 5ᵉᵐᵉ. Un loft de 38 m2, pour un petit homme, c'est comme habiter un 100 m2 surtout que mes plafonds sont hauts. J'aime mon appart, mon quartier, Marseille. Je me sens à ma place. C'est important de se savoir heureux, dans un endroit qui vous rend heureux. Je ne me lasserai jamais de la lumière de Marseille, de ce que cette ville vous livre quand on en tombe amoureux et qu'elle vous invite à une immersion, à une aventure, une curiosité, une fouille au corps. Tout le monde ne peut y prétendre. Il faut la mériter, c'est comme en amour. On n'aime pas à moitié, sinon on se ment et on passe à côté.

J'aime ces moments, en écoutant un bon CD. Sentir le temps qui s'écoule sans qu'on en prenne conscience vraiment, un état second emporté par les notes et les mots, une parenthèse. Je suis bien.

La musique serait-elle un vecteur, un moyen d'expression ? Pour toutes ces choses que je n'ai pas apprises, pour les sentiments, les gestes, les paroles que mes parents ne m'ont pas légué, pour cet héritage que je n'ai pas reçu, la musique est ma première langue, intuitive, naturelle. Comme le sang qui coule dans mes veines, les paroles de chanson sont des histoires, un peu la mienne, celle que je préfère écrire plutôt que d'en parler. Peut-être qu'un jour, qui sait, un chanteur reprendra mes récits pour en faire des chansons, comme Eicher avec Djian ou Aubert et Houellebecq.

Ma discographie, c'est comme un sac de filles. On y trouve de tout, sans cohérence, dans un grand désordre. Brel, Run DMC, Lou Red, RATM, Christophe, Pink Floyd et Daho et tellement d'autres. J'ai toujours entendu du Daho. J'aime sa voix feutrée d'adolescent, une caresse pour les oreilles. De ses compositions, de ses anecdotes, de ses rencontres avec d'autres artistes ou celles qui ont donné lieux à des duos légendaires. Parmi toutes ces chansons, il y en a une, magnifique – Heures indoues, écrite dans le métro de Londres si ma mémoire ne me fait pas défaut.

Les heures Hindoues, mes heures indues, déraisonnables, inconvenantes. J'aime ce qui est déraisonnable et inconvenant comme Oscar Wilde en son temps. Dans notre monde ou tout est codé, soumis à des conditions, même si je suis respectueux de certaines règles, il me plait d'être en décalage, en marge, hors du cadre. Je n'ai pas l'esprit rebelle, je n'ai pas la volonté de railler la moralité, mais pour ce qui est de ma vie, je la mène au gré de mes envies, celles qui me sont abordables.

Je suis un séducteur, il parait. Beaucoup de femmes le disent, comme une évidence, comme un reproche parfois. Je suis un homme qui ne s'est pas aimé durant une partie de sa vie. Maintenant que je commence à comprendre, à croire que je suis cette personne qui est capable d'attirer une jolie femme, je me suis peut-être égaré quelques fois à séduire sans de réelle intention, sans chercher « l'amour ». À celles qui ne m'ont pas toujours compris, je voudrais leur dire que je suis aussi resté condamné au silence de l'enfance à l'adolescence et qu'il est beaucoup plus agréable d'engager une conversation avec une femme attirante plutôt qu'avec celle d'un gros Loulou. Être considéré comme un bel homme, habile avec les mots, n'est pas si compliqué à comprendre, enfin je crois. Je crois aussi qu'il m'a fallu du temps pour savoir qu'il faut s'aimer pour ce qui nous rend fragile et que si cette dernière phrase n'est pas comprise, alors il vaut mieux s'en aller. Je ne cherche pas à me justifier, juste tenter d'expliquer. Ce qui me peine le plus, c'est d'être incompris. Malheureusement, de nos jours, c'est monnaie courante. Plus personne ne prend le temps d'écouter une réponse à une simple question. Tout le monde court après le temps, c'est comme une excuse, de ne pas avoir fait cet effort de prendre juste quelques minutes pour considérer la réponse qui leur est faite. Si vous faites cette expérience à répondre à la question quotidienne – comment ça va ? tenter de dire sur un ton joyeux que vous avez passé une soirée formidable à tenter d'échapper à Hannibal Lecter qui a dégusté l'un de vos enfants parce que votre nounou a ouvert la porte à ce charmant monsieur élégant et très poli qui prétendait connaitre votre mari parti en déplacement pour son travail. Vous pouvez compter jusqu'à cinq avant que votre interlocuteur ne s'étonne. Preuve que l'on n'écoute pas la réponse à une question devenue un élément de politesse dont la sincérité nous échappe ou qui est inscrite comme un élément de langage d'une banalité ordinaire.

    Je dois vous faire cette confidence. Ça me rend dingue que l'on ne m'écoute pas. Si ma conversation est chiante, ne venez pas m'emmerder avec votre politesse, elle m'ennuie et donc, vous m'ennuyez.

42ᴱᴹᴱ ETAGE (TRIPHASE)

Quand j'écris et que je m'efforce de restituer mes plus lointains souvenirs, je ne cherche pas à embellir un passé, douloureux parfois, par des effets de manche si je devais être avocat à la cour. J'aurais bien aimé être Dupont-Moretti, je suis admiratif de son éloquence et de son intelligence. Il sera au théâtre bientôt, j'aimerais bien aller le voir et surtout, l'écouter.

Plus le temps passe, plus j'ai ce besoin de consigner mes souvenirs, ma vérité sur cette vie déjà bien remplie. Et puis, il y a mes travers, mes mensonges. Il m'est arrivé de mentir consciemment, de peur de décevoir ou d'être catalogué, de peur d'être quitté. Ce qu'il ne faut pas oublier, c'est que la vérité finit toujours par se savoir, elle débarque quand on ne l'attend pas. Je cherche à comprendre aussi pourquoi j'ai menti. L'héritage ? Ma mère mentait à mon père par peur certainement, par refuge aussi. Son mensonge, c'était son secret bien à elle, surtout qu'il était question de son bien-être de femme alors qu'elle était cantonnée dans un rôle de mère et de boniche depuis bien trop longtemps. Mon père aussi mentait, il avait tout pigé et ne disait rien. Quant à moi, je crois que certaines vérités, certains de mes actes, certaines de mes rencontres ne sont pas en adéquation avec l'homme que je suis devenu. Il m'arrive de me reprocher les décisions de mon passé, je préfère les embellir pour les rendre plus supportables alors qu'elles sont le fruit aussi de ma transformation. J'ai encore du pain sur la planche, mais je sais ma capacité à comprendre, et même si je n'ai pas toutes les réponses, même si je dois aller voir un psy pour m'aider à me défaire de ce travers, je suis sûr d'une chose, mon fond est bon, je vais m'en sortir.

Depuis que je partage d'excellents moments avec ma Marseillaise, je m'intéresse à la boxe française – la savate. Pourquoi ? Parce qu'elle pratique ce sport et que je fais le lien avec mon enfance. Mon père pratiquait la boxe dans les années cinquante. Il avait vingt ans, vivait dans Paris. Il me plait à l'imaginer côtoyer les arrière-salles, bien planquées au fond d'une ruelle du dix-neuvième arrondissement.

Coïncidence ou pas, mon libraire préféré m'avait conseillé un livre sur un formidable boxeur – Pambelé, au palmarès impressionnant. J'ai dévoré ce livre d'Albert Salcedo Ramos il y a quelques mois. Ce livre m'a rappelé aussi un passé, celui de mon père et de sa passion pour ce sport. Je ne connais pas grand-chose de mon père, je veux dire avant ma naissance et mes premiers souvenirs. Mon père était aussi très silencieux, de son passé, de sa vie avant ma mère et nous, ses mômes.

Mon père boxait dans la catégorie poids léger (plume ou coq). Il parait qu'il gagnait tous ses combats par KO. Avec ma sœur, on essaie de reconstituer un puzzle aux nombres de pièces inconnues. J'ai tenté de rechercher sur internet un palmarès amateur dans les années 1953 à 1962, en vain. Peut-être que l'Ex-femme de mon père, Odette pourrait nous éclairer, nous raconter sa vie d'avant. Mon vieux aurait raccroché les gants après la naissance de Daniel, son fils. Odette lui aurait posée l'ultimatum de choisir entre la boxe et sa nouvelle condition de père et de mari.

Je me souviens quand mon père s'est mis à sauter à la corde. Il dansait, c'était incroyable, je n'arrivais pas à suivre ses pieds. La corde semblait passer à quelque millimètre de ses pieds qui ne semblaient pas décoller du sol. Même les filles à l'école ne sautaient pas aussi bien.

Pour le grand public, les boxeurs sont des idiots. Ils ne savent pas aligner deux mots de français et ne vivent pas vieux d'avoir pris autant de coups dans la gueule. La plupart des grands boxeurs connaissent une fin tragique. Marcel Cerdan, Mohammed Ali, Mike Tyson… Difficile d'imaginer un boxeur incollable sur la vie de Napoléon ou même l'histoire des rois maudits. Mon père est donc une exception. Il lisait énormément et entretenait sa mémoire. Je crois que j'ai reçu cet héritage de mon vieux.

Le son des gants de cuirs qui claquent sur les muscles tendus et suintants. Les odeurs de craie, du talk, de la sueur, l'eau stagnante des vestiaires, l'odeur du sang aussi.

Des heures à répéter, enchainer les combinaisons de grands, Ray « sugar » Robinson et tant d'autres. On dit souvent que la boxe, c'est le sport des pauvres, des ratés, de ceux qui n'ont que les poings pour s'en sortir. La plupart des boxeurs étaient analphabètes. C'est Édith Piaf qui a appris à lire à Marcel Cerdan. On ne peut pas dire que les boxeurs se soient illustrés par leur culture. Il parait que la frappe de Wladimir Klltschko atteint sept cents kilos. C'est aussi l'une des raisons des décès « prématurés » des boxeurs. Imaginez une seconde vous prendre une seule droite de 700 kg en pleine gueule…

Il m'arrive de temps à autre d'avoir le sentiment d'habiter un corps brisé. Ma tête fonctionne plutôt bien mais le corps ne suit pas. Je suis envahie par cette adversité, le cerveau à mille à l'heure et le corps à la traine. Même les mots parfois ne trouvent pas le chemin, comme aspirés entre ma pensée et le battement de mes lèvres, pour émettre un son, prononcer un mot qui s'échappe dans le désordre d'un débit non maîtrisé. Pourtant, je suis en bonne santé, toujours aussi sportif, résistant face à la douleur. C'est comme si j'étais atteint de la maladie de Cockayne, comme si mon corps vieillissait prématurément. À moins que ce ne soit l'inverse. J'ai l'âge de mes os mais ma matière grise rajeunie. C'est une explication qui me va bien.

Mon père est mort très jeune, pas parce qu'il a été boxeur mais parce que son esprit et son corps ont rouillé jusqu'au point de rupture. Parce que ses entrailles ont pourri en raison des milliers de litres de poison qu'il a avalés. Par le goudron qui a bloqué une à une les cellules qui font qu'on respire. Il est mort aussi parce qu'il n'a pas mené le combat de sa vie, celui de rester en vie. Il n'a pas voulu rester pour nous, comme si les années n'avaient servi à rien. Il était pourtant intelligent et cultivé mais pas suffisamment solide pour supporter et se remettre en cause. Il avait toujours raison, l'idée de se tromper lui était insupportable.

Je n'ai pas peur de mourir, je n'ai pas peur de vieillir. Je sais que tant que mon esprit sera vif, toujours en éveil, tant que ma curiosité guidera mes pas, tant que je serai à l'écoute de mon corps, je saurai aussi m'adapter à un monde qui avance inexorablement alors que ma vie est sur le déclin. Je suis en phase avec ma condition, mon corps et mon esprit. Je suis en triphasé.

Toi, tu me fais de l'électricité
Tu fais monter ma tension
Pour ne pas tomber dans la lubricité
Faudra que je fasse attention
Tous les soirs tu m'allumes
Le matin tu m'éteins
Mais même si tu dois tout faire sauter
Fais-moi de l'électricité

43ᴱᴹᴱ ETAGE (NEVER FORGET)

Paris, avenue Simon Bolivar. Je ne peux pas oublier cette adresse, cet appartement du deuxième étage, cette splendide toile accrochée au mur d'entrée et encore moins la femme que j'allais retrouver. Pourtant, un jour, j'oublie. J'oublie pratiquement tout. Tout ce qui n'a aucune importance, la météo, les infos de 6h00 de BFM, la clé du réseau 4G du portable, le but de Neymar, celui de M'bapé, les mails du boulot, la liste de courses. J'oublie les jours d'anniversaire, la date du prochain rendez-vous chez le coiffeur, le contrôle technique de la voiture, le chèque des charges de l'immeuble à envoyer.

- Quel jour sommes-nous déjà ?

Je ne sais plus, je ne sais pas. Je m'en fou complétement. Il y a plus important.

- Qu'est ce qui est plus important ?

Elle, voyons. Elle, bien sûr. Depuis que je l'ai rencontrée, rien n'est plus pareil. Elle habite Paris, au pied du parc des buttes de Chaumont. Paris au mois d'avril, je ne connais rien de plus romantique. C'est en faisant ce que j'aime que les dieux des circonstances improbables nous avaient réunis. A moins qu'il s'agisse de diableries.

Qu'importe, je n'oublierai jamais cette rencontre. 1m65, 48 kilos. Des cheveux châtains, des petits seins, un cul d'enfer. Je suis son homme. Je suis celui que la rend heureuse. Elle est la plus belle. Nous sommes uniques l'un pour l'autre. J'aime sa façon d'être trop sérieuse, elle aime ma folie, mon enthousiasme. C'est comme si l'impossible devenait réalité. Tout ce qui m'était interdit devient accessible, abordable. Je lui dis tout. Que ce matin, je me suis levé à l'aube pour aller à Montmartre, que j'ai écrit son prénom sur toutes les marches jusqu'au parvis. Que j'ai prié pour qu'il ne pleuve pas, que je suis allé chercher son pain à l'épeautre à la boulangerie rue de Loraine juste pour que la vendeuse me parle d'elle. Que je rêve d'habiter son quartier, que l'épicier en bas du boulevard m'a offert le café hier quand je l'attendais, que la mamie du deuxième et ses toutous est heureuse de voir un si joli couple, que nous avons l'air tellement amoureux. J'ai rencontré Nadège en 2010. Je n'avais jamais imaginé que je pourrais séduire cette femme, belle, intelligente, plus jeune que moi de près de dix ans. C'est comme cette chanson de Ben Mazué – 25 ans. Nadège c'était une parleuse, c'était très agréable de parler avec elle. Je l'ai rencontré dans un bar à vin dans le 19ème, nous avions pris rendez-vous. Le mardi est arrivé, elle se tenait assise en face de moi, sage et souriante. Et puis tout s'est accéléré quand elle s'est mise à parler. C'est comme un appât qu'elle me tendait avec ses cils. Elle m'avait ferré et son arme réside dans sa manière de me relancer. Sa cible, me séduire en commençant par me faire rire. Quelques naïves confessions qui me permettent de penser qu'elle n'est pas maladroite en talons compensés comme simple tenue et que nous serions sûrement très bien, tous nus. Oh Ben, j'aime tellement tes chansons qui racontent ce que j'ai pu vivre avec cette déesse…

Cette rencontre inespérée aura un écho à jamais dans ma vie. Je ne savais pas que j'étais un homme séduisant, que j'assurais comme une bête au pieux, que j'étais quelqu'un de brillant. J'ai vécu cet amour soudain comme un feu de paille, comme une allumette qui brunit rapidement, qui se tort. C'est une métamorphose, je ne pensais pas aller si loin, à me tordre, à me rompre les os. J'aurais tout donné pour être dans ses bras et surtout entre ses cuisses de poulet. Peut-on aimer une personne dont on ne sait rien ? Oui, je le crois parce que tout est possible et qu'en amour il faut être prêt à tout. Si vous réfléchissez à ce que vous devez faire, c'est que vous n'aimez pas suffisamment ou passionnément. J'aime l'excès, j'avoue. Parce que on est prêt à tout ce que l'on n'a jamais osé après des années de vie commune. Alors, c'est pour toutes ces raisons que je l'aime, quand elle monte dans la voiture, quand elle croise ses jambes, quand elle s'assoit et que j'aperçois les hauts de ses bas, quand elle retire ses lentilles. Pour certaines personnes, l'amour obéit à des règles précises : apprendre à se connaître, doucement, petit à petit. D'abord des rendez-vous dans un bar sympa, un resto. Puis accepter un dîner chez l'autre, prendre du temps pour s'offrir, ne pas se tromper. La première fois que nous nous sommes rencontrés avec Nadège, nous avons bu un verre de vin, médiocre d'ailleurs. Alors, elle m'a proposé d'aller chez elle. J'ai adoré son air faussement ennuyé pour me demander :

- Ça craint si je t'invite chez moi boire un bon verre de vin ?

Bien évidemment j'ai accepté. Son appartement est joliment décoré et ce qui me frappe c'est l'odeur qui s'en dégage dès que je passe le seuil de sa porte. Ce n'est pas facile de vous décrire les parfums, juste que j'ai eu le sentiment de n'avoir jamais senti une odeur si particulière, personnelle et envoûtante. C'était tout ce qu'elle était et j'aimais ça. Je me suis assis sur son canapé. Elle a sorti sa bouteille de Bourgogne, l'a ouverte et nous a rempli deux verres. Nous avons trinqué, trempé nos lèvres en nous regardant droit dans les yeux. Elle a posé son verre et j'ai compris, que c'était le moment de ne plus parler mais de baiser. Nous avons baisé, vachement bien d'ailleurs. Je l'ai revu, pendant presque quatre mois. Elle était mes neuf semaines et demie. J'ai aimé ce qu'elle m'a donné. Le lâcher prise, la confiance et la rébellion, des codes et conventions.

Moi, j'aime me tromper. Je ne supporte pas les petits cafés, les petits bobos, les petits plats, les petites gens. Il n'y a pas de schémas, pas de mode d'emploi. Il n'y a que la morale, celle des biens pensants jusqu'à l'instant où leur vie bascule. Alors, ils découvrent qu'une autre possibilité existe, que leurs principes ont été mal menés et que leurs idéaux s'écroulent comme un château de carte. Que c'est le chaos et qu'il faut puiser dans des ressources que l'on sous-estimait.

Alors oui, peut être que ce n'est pas de l'amour comme vous le définissez, mais je sais aussi que chacun à sa propre définition. Un jour, on m'a dit que j'étais amoureux de l'amour. Cela parait puéril, immature. Je ne sais pas ce que cela veut dire au juste, c'est comme un reproche de ne pas être réellement amoureux, de ne pas savoir aimer, pour de vrai. Pourtant, j'ai aimé, à ne plus manger, à ne plus dormir, J'ai aimé tellement, que je m'en suis oublié, que j'ai condamné la personne que j'étais à une existence insignifiante. Il n'y avait qu'elle, quel que soit son prénom, quel que soit le moment, à ne penser qu'à une seule personne, à en perdre la raison. J'aime être dans cet état, dans l'attente, dans la promesse de l'autre. Si séduire est un péché, alors oui, je suis coupable d'avoir voulu séduire et entretenir cette séduction le plus possible, que ces moments se prolongent à jamais. Peut-être que j'ai peur des lendemains ou que cette phase d'excitation disparaisse pour se transformer en autre chose. J'ai aussi souvent entendu des femmes qui disaient à leur mari « je n'aime pas ce que tu es devenu ». Je crois aussi qu'elles n'aiment pas ce qu'elles sont devenues. Je crois que l'autre est aussi responsable de celui qu'on ne devient pas ou plutôt celui qu'on ne deviendra jamais. Je n'ai jamais abdiqué, ni renoncé. J'ai sublimé certainement, idéalisé assurément. Je me suis corrompu puis affranchi. J'ai pardonné, je me suis pardonné. Mes fautes, mes défaites, les doutes qui m'ont tourmenté, mes frasques, mes adultères même si ce mot ne convient pas à un homme divorcé qui vit seul. Il m'est arrivé de perdre confiance, de ne pas croire qu'on l'on puisse m'aimer pour celui que je suis devenu.

Alors, à celle qui n'a pas cru en moi, je voudrais lui dire qu'elle ne sait pas à quel point elle a compté et que je l'ai aimé comme jamais.

50ᵉᵐᵉ ETAGE (*ALIVE*)

Il y a une chanson qui résonne dans ma tête depuis des mois. Ce titre est comme un écho, qui s'amenuise, qui disparaît, petit à petit. Même si je vieillis, et que d'avoir travaillé près des avions a eu pour effet une perte d'audition à droite, j'entends suffisamment. Et même si je n'entends pas assez, j'ai le souvenir de ces notes, comme si j'étais Beethoven et que je devenais sourd, j'entends cette musique, ce rythme, comme un cœur qui bat lentement, jusqu'à s'arrêter. Cette chanson, elle s'écoute dans la pénombre, tard dans la nuit, quand on est seul, comme abandonné.

Je connaissais cette chanson, on l'écoutait avec mes frères, dans notre chambre du F4 trop petit. Cet album après celui de Breakfast in America qu'on avait usé à force de l'écouter. Il y avait quelques rayures sur le vinyle qui faisaient sauter le diamant de la tête de lecture. J'me souviens qu'il suffisait de mettre une pièce de monnaie sur le bras pour éviter que ça saute. Ce 33 tours, c'est The Famous Last Words, c'est une annonce, celle d'une prochaine séparation, comme une épitaphe, enfin presque.

Don't Leave Me Now est tirée du 8ème album du groupe intitulé "Famous Last Words" sorti en octobre 1982. Il s'agit de la dernière chanson que Roger Hodgson a enregistrée avec Supertramp. Elle a servi de final lors de son dernier concert avec le groupe à Los Angeles en septembre 1983. Cette chanson, c'est un cri dans la nuit. C'est une déclaration d'amour aussi, que la séparation est proche mais qu'on ne cessera jamais d'aimer.

Si je vous raconte cette histoire, c'est en raison du lien que j'ai avec cette musique et une nuit d'amour qui restera inoubliable. C'est aussi parce que, il y a peu de temps, cette femme formidable nous a quitté, précipitamment. Je l'ai rencontré le soir du 13 juillet 1988 à Verneuil, il y avait le bal des pompiers sur la place du marché. Un groupe jouait les tubes du moments et d'autres standards pour que chaque vernolitain y trouvent le plaisir de valser, twister, jerker et s'aimer quelques minutes sur un air connu. Je n'ai pas dérogé à cette règle, celle du bal populaire ou l'on séduit pour une soirée, une nuit ou toute une vie. J'avais passé mes vingt ans, depuis peu. C'était une période confuse, je ne savais pas quoi faire de moi. Aucun projet professionnel, juste des petits boulots pour gagner le SMIC. J'étais en rébellion, contre les institutions, contre le système, envers mon banquier, les impôts. Je n'étais pas paumé, seulement égaré des autoroutes d'un avenir tracé, défini, sans trop de surprises. J'avais quelques copains, on se ressemblait. Nous étions en rupture avec les parents et une certaine société. Nous étions les « oubliés », les invisibles, les absents. Ça faisait trois aux quatre mois que je connaissais Marc. Il habitait Triel sur Seine, juste en face le pont, un studio dont la fenêtre principale donnait sur le parking. C'est avec Marco donc, que je suis allé au bal, sur cette place que je connaissais si bien, face à la mairie, avec la caserne des pompiers juste à côté.

Il n'y avait pas foule, ce n'était pas le grand rassemblement. Les bals, à cette époque, c'est pour les vieux, les ringards. Moi, j'aime la musique, live, même pour les bals, même pour les soirées saucisses. J'avais rendez-vous, avec les filles du gardien de la cité de Vernouillet. Elles ne viendraient pas seules, avec des copines. C'était l'occasion de rencontrer enfin de nouvelles têtes. Les deux frangines se sont pointées, avec Isabelle. 1m 55, les cheveux châtain clair, légèrement bouclés, yeux bleus mais myope, une robe vichy mauve, un canotier. Une peau claire, quelques taches de rousseur éparpillées, une odeur de savon. C'est quand Sylvie m'a présenté que j'ai eu droit au regard du style - waouh, qui t'es toi ? Le sourire dans les coins, nous avons commencé à parler, de tout, de rien, de musique et danse surtout. Isabelle m'expliqua qu'elle prenait des cours à Paris, avec un noir comme disait Sylvie. Un homme d'une grande gentillesse, bienveillant, et surtout très doué. J'aurai l'occasion de le rencontrer plus tard, il dansera lors du défilé du bicentenaire avec la troupe des américains sur les Champs Elysées. Les tubes s'enchaînaient, on dansait, le temps filait à vive allure, malgré ce jour le plus long de l'année. Je voyais bien que je lui plaisais, et que cette réciprocité devait être béate sur ma mine de jeune premier. Le groupe jouait les derniers morceaux, l'occasion de danser un slow et de tenter de l'embrasser. Mais elle en avait décidé autrement. Chaque tentative se solda par un joli mouvement de tête, à droite à gauche.

La place se vidait, la nuit noircissait le ciel et les murs des bâtiments qui nous entouraient. En bons chevaliers servants, avec Marco, on proposa de raccompagner ces jeunes demoiselles venues à pieds de la commune voisine. Le retour serait rapide, en moins de dix minutes nous serions arrivés, ce qui me laissait peu de temps pour être convainquant. Je n'ai rien prémédité. Je n'avais fait aucun plan. C'est aux pieds de l'immeuble que tout s'est décidé. Isabelle nous a convié à boire un truc chaud. On est tous rentrés dans son minuscule studio. On s'est assis autour de la table ronde. Elle a sorti des tasses blanches avec des pingouins, d'autres avec des pandas je crois, du sucre dans un petit bocal en verre sablé et une boite en fer qui contenait une multitude de sachets de thés et d'infusions. Sylvie et sa sœur Alexandra ont bu rapidement leur boisson pour nous laisser, Isabelle et moi, sachant que Marco pensait qu'il avait un plan avec Sylvie mais il n'en était rien. Sylvie jouait le jeu pour que je puisse me retrouver seul avec Isa. Et ça a bien fonctionné. Marco est reparti chez lui à pied, juste le pont de Triel à traverser.

Nous avons beaucoup parlé cette nuit-là. De tout, de rien, pour prolonger le moment. De musique essentiellement, celle qui nous a fait danser en ce vendredi soir, celle de notre enfance et des souvenirs que l'on associe. Il commençait à se faire tard dans la nuit, ses jolis yeux bleus viraient au foncé et elle se mettait la main retournée devant la bouche pour bailler. Je ne voulais pas partir mais il fallait bien se résoudre à laisser ce bel ange se reposer. Je lui ai dit :

- Je vais y aller
- Reste dormir si tu veux mais il ne se passera rien.

Avec le temps, je me suis rendu compte que j'aimais ce genre de déclaration, pour son imprécision. Il ne se passa rien en effet, rien de sexuel mais quelque chose de bien plus magique pour une première nuit. Nous sommes restés allongés, sur son matelas posé sur le sol. Nous n'avons pas tiré les draps, nous n'avons pas ôté nos vêtements. Nous avons écouté de la musique une bonne partie de la nuit. Nous avons écouté *The Famous Last Worlds* de Supertramp puis nous nous sommes séparés au petit matin avec cette promesse de nous revoir très vite.

Je ne vous raconterai pas ma vie avec Isabelle, je le garde pour moi, pour mon enfant, ma famille et mes amis. Je ne vous parlerai pas de ce coup de fil reçu un vendredi en milieu de matinée. Je ne vous dirai pas toute ma peine, tout le vide, toute cette absence qui m'a saisi soudainement, immédiatement, comme si j'étais privé de ma voix, de mes cinquante pulsations minute. Je n'ai pas bien compris au début, enfin si, mais je n'ai pas voulu y croire. J'ai cette image de ma femme gravée à jamais, son sourire quand j'ai levé son voile sur le perron de la mairie de Conflans et ce baiser avant la cérémonie. Et juste après, je pense à ma fille.

J'ai sauté dans le premier TGV pour Paris. Je veux retrouver mon enfant, notre enfant. Elle est seule, affreusement seule, abandonnée. Je ne peux concevoir ou imaginer son chagrin et déjà, ce qu'elle doit affronter, annoncer. Quelle responsabilité dans ce corps encore si fragile. J'ai perdu mon père à l'âge de vingt-trois ans. Je n'avais jamais imaginé que mon enfant vivrait pareille tragédie.

Ma mère m'avait dit d'être fort, je crois que j'essaie encore. Toujours.

Je vais vous parler musique encore, surtout. Il y a, parmi mes chouchous, ce grand blondinet. Ben Mazué, si vous ne le connaissez pas, soyez curieux, deux minutes, avec votre smartphone dans les transports en communs. Youtube – Ben Mazué, facile ! Il a donné un concert au Petit Trianon. Juste avant d'interpréter l'une de ses chansons, il a lu une lettre écrite pour sa mère, d'en haut. Je vous mets le lien :

Je t'écris depuis ma chambre
Depuis le mois de septembre
Depuis que les choses ont changé
Je t'écris les mains qui tremblent
C'est plus facile de s'interdire de l'évoquer
Je pense à toi mille fois par an
J'essaie pas de faire autrement
Même si ils me disent de laisser
Le temps faire ses affaires
Pour te garder vivante

Je te raconterai l'ardente épopée
De ton équipe d'hier
Je ne pallierai pas l'absence
C'est tout le bien que je me souhaite
De rappeler ton élégance
De faire tout pour que ça reste
Je ne pallierai pas l'absence
C'est tout le bien que je me souhaite
De rappeler ton élégance aux gens
De faire tout pour que ça reste vivant

Je t'écris depuis mon antre
Depuis le mois de novembre
Depuis que le froid s'est pointé
Après le déni vient la colère
Comme je suis pas très énervé
Je me dis j'ai pas trop avancé
Milo grandi ça c'est normal
Chaque fois je réalise que je peux pas
T'appeler pour ces progrès
Je me dis que la mort mène d'un regret
Mais aussitôt j'égalise
Je ne pallierai pas l'absence
C'est tout le bien que je me souhaite
De rappeler ton élégance aux gens et

De faire tout pour que ça reste vivant

Je t'écris du 23ème étage
Je te parle comme on parle aux mirages
Et je me souviens
Que quand je t'ai dit de mourir sereine
Que je serai solide que j'ai de la peine
Mais que tu m'as donné les armes
Tes réponses mon crédo
Sont gravées sur mes abdos
Ce n'est pas comme ça qu'on tourne la page
Tes conseils tatoués
Cicatrisés au sel
Dans chacun de mes virages
Il y aura ton visage
Je ne pallierai pas l'absence
C'est tout le bien que je me souhaite
De rappeler ton élégance
De faire tout pour que ça reste
Je ne pallierai pas l'absence
C'est tout le bien que je me souhaite
De rappeler ton élégance aux gens
De faire tout pour que ça reste vivant

Alors, il y a aussi quelque chose que j'ai envie de dire. De te dire, à toi, ma fille, à toi essentiellement, exclusivement. Tu viens de connaitre dans ta chair la plus atroce des morsures, la plus douloureuse des brûlures, la plus grande des pertes, chagrin, peine, tristesse, mal, malheur Celle d'une disparition et pas n'importe laquelle. J'ai toujours pensé que la vie t'épargnerait un peu, qu'elle te préserverait, qu'elle te laisserait du temps, celui que je n'ai pas eu.

Je te fais cette promesse, celle de vivre le plus longtemps possible. Je veux être vieux un jour, après mes quatre-vingt-dix-sept ans et me dire, j'ai bien vécu. J'ai fait de mon mieux pour être là et poursuivre le bonheur de te voir encore. Il m'est vital de te transmettre ce que je sais, ce que mes années m'ont appris et, que tu apprennes aussi à ton tour, le bon, le bien, le juste, les bleus, l'absence, la force, la vie.

51EME ETAGE (L'AUTRE RESTE)

Il y a le temps qui passe et celui qu'il reste. Celui qui me reste. J'avoue qu'il m'arrive de me poser cette question depuis que la mort a emporté les miens et que j'avance dans l'âge. Mes cinquante balais commencent à me titiller. Une blessure musculaire qui tarde à se guérir, de la neige dans mes cheveux, un verre de bon vin plutôt qu'une bouteille d'eau, les signes ne trompent pas, je deviens un vieux. Quand je cherche mon nom sur le site de la fédération de squash, je suis obligé de filtrer dans la catégorie *sénior*. Un autre signe, j'ai reçu par courrier, un test pour le cancer du côlon. Quand ma fille s'y met, c'est la goutte qui fait déborder le vase. J'étais à Paris pour la fête de la musique et je l'ai emmenée à la Butte-aux-Cailles. On y a trouvé un groupe de funk – La pègre douce. C'était une folie, la rue dansait, eux coincés sur un morceau de trottoir. Puis on est passé de place en place où évoluaient des groupes, des DJ, on a profité, c'était top. Le lendemain, Maddy appelle une de ses copines et lui raconte notre soirée et ajoutant : je ne pensais pas m'amuser autant avec mon père. Ce que je sais, et elle aussi encore plus depuis peu maintenant, c'est que la vie est courte.

Alors de ma vie, celle qui est passée, que sais-je au juste ? Je sais que je reviens de loin, et même si je suis là où on ne m'attendait pas, je suis à ma place. J'ai travaillé, durement pour monter dans l'ascenseur social. J'ai tout fait comme on m'a demandé et même plus. Je n'ai jamais compté mes heures, j'ai travaillé, appris en dehors de mes heures. Moi, je ne suis pas parti du rez de chaussée mais de bien plus bas, de très bas, genre cinquième sous-sol. D'ailleurs, j'ai souvent remarqué que l'on attend bien plus les ascenseurs qui montent des sous-sols plutôt que ceux qui descendent des étages, étrange ou bien c'est une fixette paranoïaque. Il faut du temps pour passer de l'ombre à la lumière, quand il faut attendre l'ascenseur, cela ressemble à une éternité.

J'ai essayé d'être heureux et de rendre heureux ceux qui m'ont accompagné. J'ai partagé, je suis passé souvent après les autres parce que leur bonheur était plus important que le mien. Je crois aussi que j'ai été naïf longtemps, que je n'avais pas compris qu'il fallait être égoïste, dans le noble sens du terme, ne pas s'oublier, savoir prendre soin aussi de soi quand les autres vous oublient et vous considèrent comme une force de la nature, charismatique, ne dévoilant aucun signe de faiblesse mais au contraire, être un référant. Il m'arrive comme tout le monde de vriller. Le pire, c'est le sentiment de ne pas être écouté. Trop longtemps, je n'ai pas eu le droit à la parole. Même si c'est un lointain passé, ça marque, comme une brûlure avec le fer à repasser. Chez les Compagnons, quand tu es l'apprenti, le lapin, tu te tais et tu écoutes les anciens. Quand tu entres en loge, tu t'assoies sur le banc du silence. Alors quand j'ai commencé à m'exprimer, tout est sorti, dans le désordre, avec colère, à très grande vitesse, comme un TGV qui fonce dans les campagnes à trois cents kilomètres à l'heure. Trop fort aussi, je ne connaissais pas ma voix et sa portée. Je n'ai pas appris à communiquer, on ne m'a pas appris à faire cela. C'est beaucoup plus tard, à travers des formations professionnelles que je vais savoir, comprendre ce qu'est la communication. Je ne remercierai jamais assez Terence pour m'avoir permis d'accéder à ce savoir. C'est avec le temps que j'ai su qu'il est préférable de parler doucement pour forcer l'écoute et prendre son temps, articuler, ce que je n'arrive toujours pas à faire. Pourtant, de temps à autre, j'y parviens et là, c'est magique. J'ai lu le bouquin de Bertrand Périer – La parole est un sport de combat. Je l'avais entendu au Petit Journal (encore) et j'avais été stupéfait par son éloquence et son action dans les banlieues. Il y a un film aussi avec Camilla Jordana et Daniel Auteuil – Le brio. Alors, quand j'en ai la surface, quand je prends le temps et que je raconte à ceux qui veulent m'entendre mes anecdotes de voyages ou mes nombreuses aventures professionnelles quand je bossais à Roissy, je découvre avec bonheur de l'attention, de la considération pour ce que j'ai vécu. Un jour, on m'a dit :

- Pierre, tu as eu combien de vies ?

Je ne sais pas au juste. Une vie ? Plusieurs ? Qu'est-ce que cela signifie en fait. J'ai eu une vie de gamin, d'adolescent, de jeune adulte, de frangin, de mari et de père. J'ai été triquard, troisième couteau, aventurier, pilote, rebelle, coureur de fond, maçon, nageur de combat. A chaque histoire, à chaque rencontre, lors des changements de boulot, dans tous ces moments de vie, c'est neuf, c'est beau, c'est différent. J'ai appris de mes précédentes histoires (je crois), pas suffisamment certainement. Il n'y a pas de bis-repetita. C'est une nouveauté, une marche supplémentaire quand j'empreinte l'escalier de service. Pour apprendre, savoir qui je suis. Et puis, il y a l'amour. Le feu, la glace, l'envie. La transformation aussi, en un autre. Un être espéré, celui qui ravit, qui transcende, qui transforme chaque minute en un bonheur. Je suis cet autre, celui qui va compter, celui avec qui l'impossible deviendra possible. Et elle aussi sera l'unique. Celle qui m'étonnera, qui me fera rire aussi. Et puis, va comprendre. Un autre jour, on devient l'autre. Je ne deviens simplement, uniquement, désespérément qu'un autre.

Mais qui est cet autre ?

> *Ont-ils oublié leurs promesses ?*
> *Au moindre rire, au moindre geste*
> *Les grands amours n'ont plus d'adresse*
> *Quand l'un s'en va et l'autre reste*

Bien sûr, quand on aime on ne sait plus où l'on habite. Bien sûr, je vois la mer à travers la pluie qui descend. Bien sûr, le monde est notre territoire. Elle est ma folie, mon tout. Je ne sais pas doser, c'est sûr. Je m'emballe rapidement, c'est certain. Mais que c'est bon. Mais finalement, finalement, il faut du talent pour être vieux sans être adulte.

Ce que je sais, c'est que c'est moi qui pars, c'est moi cet autre, celui qui abandonne, celui qui prend la fuite. Pourquoi ? Pour ne pas être cet autre, celui qui reste, celui qui est en reste. Cet être, dépourvu, démembré, dépossédé de l'autre. Je pars peut-être parce que, il y a longtemps, j'aurais aimé partir, avec mes frères et sœur, avec ma mère. Je l'ai rêvé, tellement de fois, trop souvent, sans que rien n'arrive. Mon rêve s'est usé, mon espoir a disparu, je ne sais même pas s'il a existé un jour. Je n'avais pas le choix, on n'avait pas le choix, pas assez d'argent pour pouvoir le faire et certainement la peur des représailles. Je suis le fruit de cette blessure, de cette possibilité qui n'a jamais existé que dans mon rêve, dans mes espoirs. Pendant plus de quinze années, j'ai espéré partir pour ne jamais revenir. Ma psy m'a dit que j'avais raison de m'extraire quand une situation ne me convenait pas, quand les choses s'enveniment et que je n'ai pas les clés pour désamorcer une conversation qui tourne mal. Je m'extrais pour ne pas tomber dans la médiocrité d'une mauvaise dispute, pour une broutille. Pour un malentendu, pour une incompréhension, on se prend la tête. On ne s'écoute pas, on croit en avoir la capacité, mais trop vite on reste sur une position qu'on considère comme celle qu'il faut suivre, celle à défendre, coûte que coûte.

Alors, quand il m'arrive, comme nous tous, de connaitre une conversation qui vire au violet, je me rappelle les mots d'Elton John – quand désolé semble être le mot le plus difficile à prononcer, comme une excuse qui vous arrache le palais. Ça sonne mieux en anglais "sorry seems to be the hardest word".

67ᵉᵐᵉ ÉTAGE (BORN IN USA)

L'année 1967 débute un dimanche et se termine également un dimanche. Beaucoup d'évènements se sont déroulés durant cette année.

20/02/1967
Naissance du chanteur et guitariste américain Kurt Cobain (mort à 27 ans, le 5 avril 1994).

18/03/1967
Le pétrolier géant Torrey Canyon s'échoue au large de la Bretagne, provoquant une marée noire.

29/03/1967
Le premier sous-marin nucléaire français est inauguré dans le port de Cherbourg. Baptisé Le Redoutable.

15/04/1967
Gnassingbé Eyadema devient président de la république du Togo, et le restera pendant 38 ans.

17/04/1967
Le Président Liu Shao Shi est accusé de complot contre Mao Tsé-Toung.

21/04/1967
Putsch des colonels en Grèce.
Dernier duel officiel de l'histoire de France, entre René Ribière et Gaston Deferre.

23/04/1967
Premier essai spatial en vol de Soyouz 1, troisième génération des vaisseaux spatiaux soviétiques. Le lendemain 24 avril, Vladimir Komarov perd la vie lors du retour sur terre.

01/05/1967
Le chanteur Elvis Presley, mondialement connu, épouse Priscilla Beaulieu à Las Vegas.

08/05/1967
Georges Pompidou, qui surnomme Jacques Chirac "Mon bulldozer", le nomme secrétaire d'Etat à l'emploi.

12/05/1967
´Blow up´ d´Antonioni, obtient la Palme d´Or au festival de Cannes.

05/06/1967
Début de la guerre des Six Jours dans le Sinaï.

10/06/1967
Mort de l'acteur américain Spencer Tracy.
La troisième guerre israélo-arabe, appelée guerre de Six Jours en raison de sa durée, s'achève par une victoire foudroyante de l'armée israélienne et la déconfiture totale des pays arabes.

26/06/1967
Mort accidentelle de Françoise Dorléac, soeur de Catherine Deneuve, actrice de cinéma (née le 21 mars 1942).

29/06/1967
Mort de l´actrice américaine Jayne Mansfield.

01/07/1967
Naissance de l'actrice américaine Pamela Anderson, célèbre avec la série Alerte à Malibu, qui posera 14 fois dans le magazine de charme Playboy.

08/07/1967
Mort de l´actrice britannique V. Leigh, ´Scarlet O´Hara´ dans ´Autant en emporte le vent´.

23/07/1967
La victoire de la 54ème édition du tour de France revient au français Roger Pingeon, devant l'espagnol Julio Jiménez et l'italien Franco Balmanion. Ce tour est marqué par la mort, vraisemblablement liée au dopage, du coureur Tom Simpson à la 13ème étape. C'est aussi la dernière fois que le

tour de France s'achève au vélodrome du Parc des Princes, porte de Saint-Cloud.

24/07/1967
Le général de Gaulle, en visite officielle au Canada, prononce à Montréal la fameuse phrase "Vive le Québec libre", phrase à l'origine d'une grave crise franco-canadienne.

15/08/1967
Mort du peintre René Magritte.

21/08/1967
L´assiette des cotisations de sécurité sociale est déplafonnée partiellement, avec effet au 1er Octobre 1967.

01/10/1967
Diffusion sur la deuxième chaîne du premier programme couleur à la télévision française.

09/10/1967
Mort de l´écrivain André Maurois.
Ernesto ´Che´ Guevara, compagnon de Fidel Castro, est exécuté en Bolivie.

14/10/1967
Mort de l´écrivain Marcel Aymé (né le 29 mars 1902).
Naissance de Gérald Gardrinier, alias Gérald De Palmas, auteur compositeur et chanteur de pop rock français.

17/10/1967
Mort de Puyi, dernier empereur de Chine, du 2 décembre 1908 au 12 février 1912, qui finira sa vie comme jardinier au Jardin Botanique de Pékin.

18/10/1967
La sonde spatiale soviétique ´Vènera IV´ atteint son objectif en transmettant des données sur la planète Vénus avant de se consumer dans l'atmosphère. A 24 km d'altitude, la température relevée était de plus de 260 degrés Celsius.

21/10/1967
Aux Etats-Unis, la marche sur le Pentagone réunit 100000 personnes qui manifestent contre la guerre au Viêt-Nam.

26/10/1967
Couronnement du Shah d´Iran.

28/10/1967
Je suis né à 5h40.

07/11/1967
Naissance du DJ David Guetta, producteur d'albums studio bien connus tels que 'One Love', premier au Top 100 DJ Mag en 2011.

22/11/1967
Les Nations Unies votent une résolution exigeant le retrait des forces armées israéliennes des territoires occupés en Palestine : les palestiniens attendent encore.

03/12/1967
Le chirurgien sud-Africain Christiaan Barnard réalise la première transplantation cardiaque (né le 8 novembre 1922).

10/12/1967
Le chanteur de rhytm and blues américain Otis Ray Redding disparait dans un accident d'avion.

11/12/1967
Le premier prototype du Concorde - le Concorde 001 est dévoilé : il effectuera son premier vol le 2 mars 1969.

23/12/1967
Naissance de Carla Bruni-Sarkozy. Mannequin puis chanteuse.

28/12/1967
La pilule anticonceptionnelle est légalisée en France.

Quel bol ! J'ai échappé à la légalisation de la pilule contraceptive ! D'ailleurs, c'est incroyable de lire tous ces évènements. Je suis né un samedi matin, le 28 octobre précisément. Quand je lis aujourd'hui cette liste incroyable d'évènement, plusieurs retiennent mon attention. Je n'ai jamais fait le rapprochement, mais c'est comme si tout avait un sens. L'aviation avec le Concorde, Cuba avec Ernesto, L'Afrique du Sud avec la première greffe du cœur et cet hôpital que j'ai vu à Soweto, mon attachement à Israël et à la Terre Sainte.

En 1984, j'étais au collège, en troisième. Avec les copains et copines du bahut, on parlait musique. Il y avait des groupes qui se formaient. Les hardeux, fans de AC/DC, les funkys admiraient Michaël Jackson, les babas cool eux écoutaient Barclay James Harvest ou Supertramp. Et puis, il y avait toujours les inconditionnels de Renaud. Moi, je ne faisais pas parti d'une bande. J'écoutais toutes les musiques. Je trouvais assez réducteur de rester bloqué dans un style de musique et de ne jurer que par ça. C'est comme s'habiller comme son idole, jusqu'au moindre détail. Je trouve cela effrayant, de n'être plus soi mais juste une pâle copie. A cette époque, on regardait le top 50 et les enfants du rock. Les années 80 sont très riches de succès d'artistes connus pour un titre, sans en faire une généralité car pour de nombreux chanteuses et chanteurs, leur carrière sera immense. Dans les années 80, tout ce qui vient des States est formidable. Alors, quand un rockeur, à la voix rocailleuse et l'accent du cul-terreux de l'Arkansas déboule en chantant Born in the USA, tout le monde applaudit, sans savoir ce que cette chanson raconte, moi le premier. J'étais comme les autres gamins de mon âge, trop content de pouvoir brailler quelques mots d'anglais que je comprenais. C'est bien plus tard, dans ma vie d'homme qui se réfugie dans sa cave à défaut de grotte, mettant à profit ces moments choisis de solitude, que je prends ce temps, d'être curieux, de comprendre plutôt que de savoir. J'adore notre aire technologique car aujourd'hui, plus d'excuse, tout est accessible pour celui qui le veut. J'ai donc pianoté sur mon ordinateur, pour avoir la traduction du texte de Springsteen. Et j'ai vraiment aimé ce que j'ai lu.

Born in the USA raconte le retour au pays d'un vétéran de la guerre du Viêt Nam et le rejet qu'il subit de la part de ses concitoyens. La chanson a été en partie un hommage à des amis de Springsteen qui avaient vécu la guerre du Viêt Nam et dont certains ne revinrent pas, notamment de Bart Haynes, batteur de son premier groupe *The Castiles*, mort au Vietnam en 1967. Bruce Springsteen est réformé, victime à 19 ans d'un accident de moto, il en garde une jambe légèrement boiteuse, et ne passe pas les tests physiques, si bien qu'il est réformé du service militaire, il proteste aussi sur les difficultés des vétérans du Viêt Nam face à leur retour de la guerre.

Je vous disais que j'aimais cette chanson, car je suis l'opposé de ce GI qui rentrera chez lui, dans sa ville où il tentera de reprendre une vie normale. Moi, je ne reviendrai jamais à Verneuil sur Seine, je n'achèterai pas de maison ou d'appartement pour ma retraite dans la ville ou j'ai grandi. Moi aussi je suis allé me battre, pour gagner ma croûte comme on dit. J'ai réussi à faire autre chose de ma vie que d'avoir un boulot alimentaire, car ça ne suffit pas et ça ne suffira jamais, à peine pour survivre. Je ne reviendrai pas dans cette ville car plus personne n'habite là-bas. Mes parents sont morts, ma famille est éparpillée un peu partout en France. Je ne reviendrai pas, avec un diplôme en poche pour bosser dans l'usine du coin. Je n'en ai ni l'envie, encore moins la fierté. J'ai commencé par m'installer pas très loin, à quelques kilomètres pour ensuite habiter près des bords de Seine. J'ai travaillé, durement, pour monter dans l'ascenseur social. J'ai toujours été très poli, je n'ai jamais refusé les heures supplémentaires. Alors moi aussi, j'ai envie de pouvoir brailler que je suis né dans notre merveilleux pays et que, même si tout n'est pas parfait, c'est ici que je vis, c'est ici que je suis et j'y suis bien.

Né dans une ville qui portait la mort
Le premier coup que j'ai pris
C'est quand j'ai touché le sol
Tu finis comme un chien qui a été trop battu
Jusqu'à ce que tu passes la moitié de ta vie
À t'en remettre

69EME ETAGE (EROTIQUE)

J'ai prévu de me racheter une moto, bientôt. J'en avais une quand je vivais en Région Parisienne. Une petite cylindrée, un 125 cm3 de marque coréenne. C'était bien suffisant pour l'utilisation que j'en faisais. Ce qui est confortable à moto, c'est que tu peux aller presque partout et te garer devant. Cet engin à deux roues, ce n'était pas un caprice de la quarantaine, ni la lubie d'enfant gâté. C'était de la liberté, celle de circuler pratiquement partout, de sentir le vent dans les narines et les yeux qui pleurent.

Je suis monté à Paris à moto, par l'A13, puis le périphérique. Quand il fait nuit et que tu roules tranquillement sans devoir éviter, dépasser, quand la nuit tombe sur la capitale, quand le ciel gris clair vire au gris foncé, les bandes blanches défilent dans la visière de ton casque intégral. C'est un peu comme quand tu es dans un ascenseur et que tu vois, à travers la petite fente entre les deux portes de la cabine, les lumières des paliers que tu viens de passer. Il y a quelque chose de la route 66 sur le périph parisien. 4 voies de circulation entre les immeubles qui bordent le bitume et les radars fixes. C'est un florilège d'enseignes néons, un arc en ciel de couleur fluo dans la nuit parisienne. La frontière du dedans et de l'a côté, des Weston et des Nike Air, de Vuitton et d'Adidas. De ceux qui se lèvent tôt et de ceux qui n'ont pas forcément besoin de se lever. J'aime Paris comme un vrai banlieusard. J'aime Paris comme l'un de ses enfants, comme un bâtard, comme une relation cachée, secrète, adultère. Il n'y a rien qui sent aussi bon que l'odeur des trains de banlieue, des freins qui ont chauffé, du chauffage électrique sous les sièges usés. Il y a aussi le souffle des portes grises quand le train redémarre. Le son du loquet juste avant que les portes s'ouvrent. Tous ces trains ou RER qui mènent dans le centre. Paris, c'est l'endroit. Il y a les musées que j'aime visiter, les expos temporaires tout aussi captivantes qui m'apportent cette culture que je choisis, pas celle que le système scolaire a essayé de m'imposer même s'il faut une base. J'entendais encore que Maupassant était étudié alors qu'il y a tellement d'écrivains contemporains qui mériteraient une attention de nos chers sachants. Paris, c'est une ouverture, des possibilités, celles que nous n'avons pas en banlieue parce que c'est la banlieue. Même si de nombreux efforts sont consentis pour la culture de nos jours, la banlieue n'a pas la superbe de Paname.

    La bécane sera une nouvelle opportunité de découvrir Marseille et ses environs, par les routes des crêtes, à mon rythme. J'aime vivre et découvrir selon mon tempo. Je ne veux plus que l'on m'impose cette pression. Je la connais dans le travail et c'est bien suffisant. Quelquefois, la présence d'un être peut devenir oppressante, comme celle d'être épié ou analysé à chaque mouvement ou parole. Je ne suis pas casanier mais j'apprécie de ne pas partager mon espace, ma respiration. Mon appartement est rempli de moi, de tout ce que je suis. Cet espace n'est pas suffisamment grand pour deux. C'est aussi mon refuge, mon temple, ma grotte, mon intimité que je ne suis pas prêt à ouvrir facilement ou à une personne qui sera de passage. Il n'est pas évident d'accueillir une personne dans sa vie, surtout quand on a passé la cinquantaine. Alors de là à lui faire une place dans sa maison. Pourtant, il est tellement agréable de se réveiller avec sa dulcinée. J'aime préparer le petit déjeuner le matin. J'adore cette image de voir le corps d'une femme à peine couvert d'une couette ou d'un simple drap. J'adore voir ma belle se couvrir quand j'ouvre mes volets et que le soleil pénètre ma pièce. J'aime ce moment où une femme prend une petite place dans le lit déserté. Et les filles, ça prend d'la place, à commencer par la salle de bain. J'ai compris depuis longtemps que l'industrie du cosmétique est féminine. Les hommes, il nous faut trois fois rien. D'une part, parce que vous Mesdames, vous préférez les mecs rugueux, ridés juste ce qu'il faut. Parce qu'il vous faut un milliard de crème, pour le visage, pour les mains, pour le corps, pour les pieds. Sans oublier, les démaquillants et les maquillants pour les yeux, les sourcils, les cils et toute sorte de poil qu'on laisse où qu'on épile. Sans oublier les huiles, pour le corps, pour la douche, les essentielles. Je comprends pourquoi une femme a beaucoup plus de bagages qu'un homme. Je crois que nous les mecs, on va à la simplicité, à ce qui est nécessaire, à l'indispensable. C'est comme ce mètre indispensable, cette distance nécessaire pour tenir à distance les personnes que je ne connais pas encore suffisamment pour le tactile cher à ce que je suis.

Je me fais une fête de cet engin, de pouvoir châler ma belle sur les routes de Provence. Je sais qu'elle va kiffer nos balades, d'être accrochée à ma taille et de me parler par-dessus mon épaule. Je sais que nous serons impatients de nous retrouver dans une chambre d'hôtel pour baiser et baiser encore. C'est très érotique une meule. C'est viril un mec à moto. Loin de l'image du parfait motard qui vit, mange, dort avec son engin, je n'ai aucune culture de l'asphalte à deux roues ou des bécanes de folie. Le genre de mec habillé sombre, un cuir sur le dos, des cheveux mal rangés, un visage sillonné de rides et une barbe de trois jours pour avoir l'air rebelle.

Je suis un rebelle parce que j'ai dû lutter pour me faire une place. Je me suis battu pour tenter d'appartenir à un monde que je pensais être la norme. J'ai tellement entendu que je ne rentrais pas dans des cases, que je ne respectais pas les conventions. Moi, je n'ai pas choisi. Je suis né quelque part mais il faut croire que les gens ne naissent pas égaux en droits à l'endroit où ils naissent. De cet état, de cet héritage, j'en ai fait une promesse. Celle d'être différent et admirable. Je crois que j'y suis parvenu et c'est une grande fierté. Ça me rend heureux, je me sens solide près à bouffer encore le monde et celui de demain.

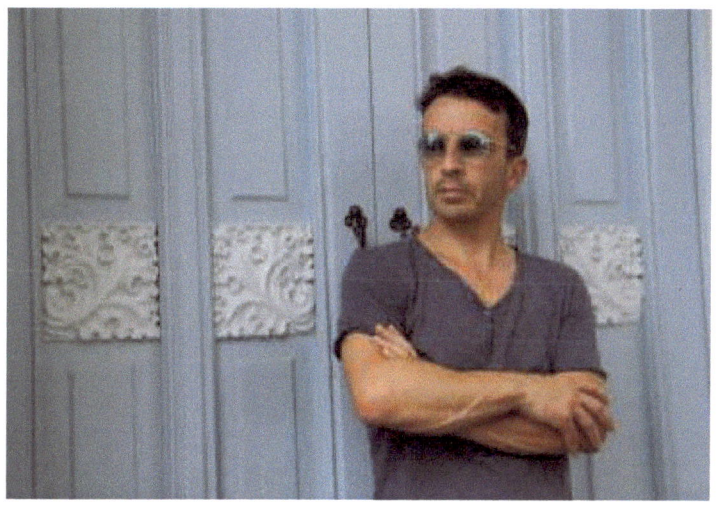

97ᴱᴹᴱ ETAGE (BRANDT RHAPSODIE)

J'aime bien les réfrigérateurs. Ceux qui ont deux portes, suffisamment grandes, sans distributeur de glaçons, style armoire américaine, qui prend beaucoup de place mais qui ne contient pas grand-chose. Dans une famille, le frigo fait l'unanimité. Chaque membre ouvrira le frigo au moins une fois dans la journée. Pour être sûr qu'une info ne soit pas zappée, on y colle la feuille, le mémo, l'emploi du temps, le carton du RDV chez l'ophtalmo dans quatre mois, la liste des courses. Chez moi, le frigo sert de porte photos, de support pour les jolies cartes postales ou reproductions que j'ai glanées lors d'une de mes dernières expositions. Des magnets aussi, des derniers pays que j'ai traversés. Pas de post-it, personne à qui laisser un message. C'est ainsi. Je vis seul, je n'en souffre pas, je dirais presque que j'aime bien. Je ne suis pas comme cette personne, celle de la chanson de Dalida – Pour ne pas vivre seul. Je vis au milieu de mes livres, de mes souvenirs de voyage, des peintures et autres œuvres qui me bouleversent.

J'aime les frigos quand ils ressemblent à des bagnoles américaines et quand leur utilisation première est détournée. Comme dans le film – Absolute Beginners, avec David Bowie, quand ils deviennent des armoires à fringues d'un teenager américain. Ce qui me plait aussi, ce sont les vieux frigos avec une crémaillère basculante, comme il en existait, sur mesure, dans les boucheries de nos petites villes de banlieues, il y a longtemps. Un claquement sec lors de l'ouverture, un bruit sourd et grave quand la porte se refermait par un coup de coude ou bien une talonnade du boucher.

J'aime bien les frigos quand ils sont mis en scène dans les films d'horreur ou les thrillers. Quand, dans la nuit, la porte s'ouvre et que, la seule lumière qui jaillit est celle du réfrigérateur. Vous avez surement noté, c'est toujours dans ces moments qu'il se passe un truc. Soit, l'acteur de la scène lâche un verre qui se brise en mille morceaux par ce qu'il découvre, bien empaquetés, les morceaux de son meilleur animal de compagnie ou pire encore. Ou bien, dans ça, quand il sort du frigidaire et qu'il dit au gamin « je t'emmène flotter ». Quelquefois, c'est totalement l'inverse. Dans La Main sur le berceau, la lumière légèrement bleutée fait apparaitre les formes délicieuses de la nurse complétement nue sous sa nuisette.

J'aime bien les frigos quand ils deviennent le titre d'une chanson, et quelle chanson. Celle de Benjamin Biolay, en duo avec Jeanne Cherhal. Brandt Rhapsodie. Un peu de pub au passage pour une mélopée de toute beauté. Je ne connaissais pas ce mot jusqu'à présent. C'est en cherchant sur le dieu des jumelles que je l'ai découvert. Dans ce titre envoûtant d'un double album tout aussi brillant, ce qui m'a séduit c'est la ligne de basse. Puis, viennent les mots de Jeanne Cherhal, ceux de Benjamin suivront. C'est l'histoire d'un couple, qui va se laisser des Post-it sur la porte du frigo. Avec la fougue du début d'une histoire de cul, qui deviendra une histoire d'amour, puis une simple histoire, pour terminer par une histoire qu'il faut oublier. J'ai beaucoup écouté cet album et tous les autres de B.B. Je n'ai rien entendu de mieux depuis Gainsbourg ou Baschung.

Comme je vous le disais, j'aime les frigos parce que j'utilise les portes et les parois visibles comme murs d'affichage. Je trouve ça chouette d'avoir un frigo recouvert de bons souvenirs. C'est positif, c'est agréable à regarder, il y a comme une architecture abstraite, c'est comme une œuvre d'art en perpétuel changement. Du renouveau à chaque nouvelle exposition, du renouveau dans ma vie, du renouveau pour ne pas se lasser. Des images qui bougent, qui apparaissent puis disparaissent pour laisser la place à quelque chose de nouveau, de neuf, de vierge, d'authentique, qui compte à ce moment précis. Une autre rencontre, de l'imprévu, une émotion, une surprise. Je ne crains pas le syndrome de Stendhal. Pas de déni face à l'art et à l'émotion qu'il provoque. J'ai ressenti des choses complétement différentes devant Guernica à Madrid, la Cène à Milan, le Cri à Oslo, la Vague d'Hokusai quand elle a déferlé au Grand Palais, La Liberté guidant le peuple au Louvre. Il y a encore tellement de belles choses à voir, devant lesquelles s'extasier, qu'il me faudrait plusieurs frigos ou plusieurs maisons. Je m'aperçois aussi que cette petite manie me poursuit, quand je rends visite à ma fille, à mon frère, à ma chérie. Je prête beaucoup d'attention au réfrigérateur. J'ai cette irrésistible envie de poser une belle image qui tiendrait par de petits aimants dorés ou argentés que je trouve chez Leroy Merlin. Je n'ai plus assez d'espace sur mon frigo, celui de mon appartement du 5ème arrondissement. Alors, j'ai prévu de fabriquer un tableau mural, avec une plaque de métal que je vais peindre en noir mat. Je ne sais pas encore où je vais l'accrocher mais c'est un moindre souci. Je ne suis jamais à court d'idée. C'est aussi simple que ça. C'est comme lorsque j'ouvre la porte de mon frigo, j'ai toujours de quoi cuisiner un truc vite fait.

    Vous pouvez vous demander pourquoi j'aime autant les frigos. J'aime les frigos parce qu'ils sont un support à des mots d'amour, à un photomaton de deux êtres amoureux faisant les idiots, à un Post-it avec un gros cœur dessiné. J'aime les réfrigérateurs parce que je n'aime pas les lave-vaisselles, même si c'est pratique pour une famille nombreuse. Un lave-vaisselle, c'est une source d'engueulades. Qui a oublié d'appuyer sur le bouton Start ? C'est à qui de vider le lave-vaisselle ? Qui a rangé le lave-vaisselle comme ça ? On perd plein de place ! Je n'aime pas les lave-vaisselles parce qu'ils ternissent les jolis verres. Je n'aime pas que les choses se ternissent, qu'elles vieillissent mal, quand le calcaire laisse des traces, quand les fourchettes ne sont pas propres et qu'il reste du gruyère collé aux dents. Je n'aime pas les lave-vaisselles parce que c'est une fausse idée de l'écologie. Un lave-vaisselle, ça vient de Chine, ça consomme de l'électricité, il faut tout une gamme de produit pour laver, rincer, faire briller et entretenir son appareil, pour les tuyaux, pour les filtres.

Ceux qui ont un tel appareil en attesteront, l'ustensile de cuisine que l'on cherche à un moment précis est toujours dans le lave-vaisselle qui est en cours de cycle. Il faut donc tout avoir en double. Et même, quand vous avez équipé votre cuisine ainsi, quelques fois, ce bidule dont vous avez besoin est lui aussi au sale. Je crois que l'on devrait éliminer tout ce qui est source de conflit, d'engueulade et autres sujets qui ne sont que des prétextes pour faire comprendre à l'autre qu'il ne fait pas bien, que c'est beaucoup mieux ainsi, que cette maison est devenue un vrai bordel et que tout le monde s'en fout. Je crois, qu'avec le temps, je ne supporte plus ce genre de bêtise qui un jour sera l'une des bonnes raisons qui feront qu'un couple se sépare. Pour toute ces raisons, je préfère vivre seul.

100ème étage (LE PIRE)

Quand je me pose derrière mon écran pour écrire, je n'ai pas obligatoirement une idée lumineuse ou une phrase que j'ai répétée dans ma tête ou même encore un chapitre que j'aurais préparé ou une ultime anecdote à raconter. Je me fie aussi à mon instinct, à ma créativité, au lapin qui va sortir du chapeau. Je me fais confiance. Pour le meilleur et pour le pire. Le pire ne déçoit jamais. En voilà une phrase toute faite, comme une volte-face à l'imprévu, pour prendre le contre-pied à ce que l'on n'attend pas. Et dans nos vies, il nous arrive des tas de trucs pour lesquels on n'est pas prêts. Ça commence quand on a cinq ou six ans. C'est Noël, le sapin est joliment décoré. Les guirlandes qui clignotent sont allumées le soir uniquement pour économiser de l'électricité. Au début du mois de décembre, les trois boîtes à chaussures qui sont rangées en haut de l'armoire le reste de l'année font leur réapparition pour être vidées de leur contenu. Les boules, les personnages en bois sont suspendus dans le sapin, un épicéa qui trône près de la porte fenêtre qui ouvre sur le balcon. C'est cette histoire de Père Noël que je ferai croire plus tard à ma fille. A vrai dire, ce mensonge ne m'a pas marqué. Je ne me souviens pas d'idéaux tombés quand j'ai découvert que ce gros homme n'existait pas. Mes parents m'ont toujours appris qu'il ne fallait pas mentir. Le mensonge est comme un cancer, il ronge et anéantit. Pourtant, ce sacré bobard a la vie belle. Il se perpétue d'année en année, de siècle en siècle. Thomas d'Aquin a dû l'oublier à sa liste, à l'origine de tous les maux de la Terre et des hommes. Alors, il m'arrive de me demander légitimement ce qu'est le pire. Pour moi, pour les autres.

Le pire pour moi, c'est la maladie, celle qui occupe la pole position dans mon esprit quand je fais cette association. Je sais aussi que mon histoire a une influence sur ma pensée, ce qui est complétement logique et légitime. La maladie a emporté ceux que j'aime, toujours de façon tragique, dans la souffrance. Ce n'est pas une fatalité, c'est aussi être conscient de savoir que nous sommes entourés par des virus, des maladies qui rongent les corps. La plus terrible à mon sens c'est le cancer. J'ai vu des reportages, lu des articles d'éminents professeurs, soutenu l'institut Paoli-Calmettes parce que je n'ai pas spécialement envie de crever de cette saloperie. J'ai aussi vu ce film de Lelouch – Hommes, femmes : mode d'emploi. C'est l'histoire d'une vengeance, terrible, celle d'une femme qui a souffert de l'arrogance d'un business man incarné par Bernard Tapie. En guise de représailles, cette sublime Alessandra Martines qui interprète le rôle de l'assistante du professeur Lemer va laisser croire à son bourreau des cœurs qu'il développe un cancer alors que rien ne le prédestinait à développer la maladie et à contrario, Fabio Lini allias Fabrice Lucchini, inspecteur de police qui rêvait d'être acteur, atteint d'un cancer, se verra annoncer qu'il n'a absolument rien. Les deux personnages vont se rencontrer et s'échanger leurs *modes d'emplois*. Ce film, c'est l'histoire de deux vies que rien ne prédestinait à se croiser. C'est un voyage, une renaissance, une résilience, un drame aussi. Une comédie inhumaine, le terme est tellement juste comme mon souvenir de cette injustice qu'est la maladie qui a frappé les miens dans ma chair, dans mon intimité.

Il y a une réplique du film, tellement orgueilleuse. Le pire ne déçoit jamais. Pour moi, le pire, il n'est jamais certain. On se croit fort, prêt, endurci. Mais ce n'est qu'un leurre. Même si ma vie m'a appris tant de choses utiles, indispensables, à travers les épreuves, durant toutes ces années, je crois que mon quinqua agit comme une hormone de conscience, peut-être une forme de sagesse. Le pire, je préfère le laisser aux autres, pour qu'il soit partagé par tous. J'ai parfois le sentiment que nous ne sommes pas égaux avec mes semblables. J'écoute ceux qui veulent me raconter leur histoire car nous en avons tous une à minima. Celle que l'on pense unique par la souffrance qu'elle a créée. Et puis, on écoute l'autre raconter à son tour, patiemment, attentivement. On découvre alors que notre souffrance est relative car notre histoire, bien que singulière n'a pas de commune mesure avec celle qu'on nous livre, même si la peine a laissé des traces. Je sais que rien n'est définitif à part la mort. Je sais que je suis capable d'endurer au-delà de la moyenne. Je crois avoir pris ma part, même si j'ai la certitude que rien n'est absolu. Tout simplement parce que la vie continue ou elle se tait à jamais. Quand on passe la cinquantaine, pour un homme, on reçoit de la sécu un test pour le dépistage du cancer colorectal. C'est cette réalité qui me ramène à mes démons. Pour les femmes, le dépistage du cancer du sein commence plus tôt il me semble. Des copines m'ont raconté la souffrance de leur sein écrasé pour faire le cliché radiographique et de cette angoisse pendant quelques jours jusqu'au résultat. Je ne comprends pas toujours pourquoi nous n'arrivons pas à vaincre cette maladie. Il me semble que l'ensemble des Etats disposent d'éminents spécialistes qui testent en continue de nouvelles façons de soigner pour enrayer ce fléau.

Le pire serait qu'un jour, mon médecin m'annonce que j'ai un cancer. Même si la science et la médecine progressent, il n'en reste pas moins que 158.000 personnes décèdent du cancer dont 57% d'hommes chaque année. Franchement et j'imagine pour nous tous, je ne souhaite pas faire gonfler ces chiffres. Je préférerais être l'une des personnes qui resteront en bonne santé, en poursuivant mes activités sportives tout en essayant de faire attention à moi. Après cette confidence, il me parait nécessaire d'aborder la vie sous mon angle constant qui me caractérise et me porte jour après jour.

Après la pluie, le beau temps. Encore une expression toute faite. Non, après la pluie, le gazon est mouillé. Notre astre pointera le bout de son nez, timidement ou pas, pour allumer cent mille étincelles dispersées au dehors. C'est de voir ce spectacle, c'est être le témoin du retour de la lumière qui nous fait sourire et nous dire que maintenant ça va aller. Une épreuve difficile ne se prolonge pas sans fin. Je suis de ceux qui sont dans l'optimisme, de ceux qui persévèrent parce que le meilleur est à venir. Parce qu'il y a toujours une inconnue, celle qui va nous apprendre, celle que nous n'avions jamais soupçonnée. Je suis un grand rêveur, confiant en mon avenir. Mon purgatoire à moi n'est pas le passage sur Terre, bien au contraire. Jour après jour, je marche. Je marche donc j'avance, sans mettre mes pas dans ceux d'autres qui auraient essuyé les plâtres à ma place. Je suis de ceux qui taillent leur chemin, qui laisseront peut-être une trace, une empreinte ou une envie, celle d'une liberté, respectueuse et élégante. Alors je marche, je ne connais rien d'aussi facile à faire. Je marche pour oublier, pour ne plus penser, ne plus m'presser comme dit si joliment Ben Mazué.

Je marche pour ceux qui ne peuvent plus marcher, qui n'en n'auront plus jamais l'occasion. Je marche parce que je suis vivant et qu'il y a encore tant à découvrir.

101ᴱᴹᴱ ETAGE (STATION)

Juillet 2017, le bon coin.
J'ai fait mes calculs, je compte, et fais appel à mon sens pratique et responsable. Je n'ai pas l'intention d'engraisser un commercial d'une agence immobilière qui roule dans une grosse berline, histoire d'en foutre plein la vue aux futurs acquéreurs. Non, je ne serai pas celui qui versera des milliers d'euros à une personne dont le métier est de mettre en contact quelqu'un qui cherche à vendre son bien et une autre qui cherche à l'acheter. De nos jours, de nombreux outils sont disponibles pour trouver une femme, un vélo, des vacances et une maison, tout simplement l'offre et la demande. J'avais commencé à regarder les annonces sur PAP et le bon coin. J'avais vécu dans le cinquième arrondissement de Marseille avec Nancy et Louise, juste à côté de La Timone. Ce fut donc une évidence, comme une facilité de chercher dans ce quartier ou j'avais déjà mes repères et habitudes.

J'aime ce quartier de Marseille. Pratique pour sa proximité avec tout ce dont j'ai besoin, tout ce qui me plait. L'accès à l'autoroute Est, très pratique pour aller travailler. La place est calme le soir. En journée, elle s'anime avec les commerçants, restaurants de quartier, conservatoire et le centre de méditation. Et puis, il y a tous les voisins, les habitués du café et de la boulangerie. Les rendez-vous du matin, à 6h30 quand le rideau de fer se lève et que j'ouvre mes volets. L'odeur des croissants qui envahit mon appartement. Et déjà, les vieux qui boivent leur café dehors. Toutes ces habitudes des gens retraités qui se retrouvent pour bavarder et certainement passer le temps. Comme toutes ces personnes, j'ai mes habitudes. Celle de partir à sept heures du mat pour aller bosser. J'aime bien arriver de bonne heure, depuis toujours. Je suis de ceux qui se lèvent tôt. Mes voisins le savent également et il n'est pas rare que je me fasse taxer une clope en sortant de l'immeuble. Le tabac de l'avenue de Toulon n'ouvre qu'à huit heures donc, pour un fumeur, un café sans cigarette n'a pas le même goût, c'est même dégueulasse. Je ne suis pas un fumeur dans le sens où mon paquet de clopes me tient plusieurs jours, sans parler de mon collègue de boulot et alter égo - Christophe qui me taxe régulièrement.

Marseille, c'est une ville qu'il faut aller chercher. Elle ne se donne pas au premier venu. A pied d'abord, pour comprendre ses quartiers, les passages, les traverses comme on dit ici. Il faut se perdre et ne pas avoir peur, les Marseillais sont des gens qui parlent fort certes, mais qui sont de bonne humeur et serviables. Comme toutes les grandes villes, Marseille est gangrénée par toute sorte de trafic, sans oublier que c'est aussi un port, l'un des plus grands de la Méditerranée. C'est une ville qui a été dirigée par les barons de la politique. Gaston Defferre, de 1953 à 1986, puis Gaudin. Deux maires en soixante-dix ans. Nous avons changé plus souvent de Président de la République durant ces deux ères Defferienne et Gaudiniste. Marseille est sale, sauf dans les beaux quartiers comme à Paris ou Bordeaux, dans ces quartiers où l'on vote à droite de génération en génération, comme la transmission d'un capital décès. Marseille est sale comme ces villes méditerranéennes portuaires. Elle s'agite le matin, sur le port avec la criée. Le soir avec ses restaurants qui bordent le quai de la mairie et ses bars côté opposé, dont le célèbre Bar de La Marine. Sans oublier les quartiers Nord et ce livre de Philippe Pujols que j'ai lu pour tenter de comprendre. J'ai pris le métro, il y a quelques jours. Je suis allé jusqu'au terminus – Gèze. J'ai traversé le boulevard, je me suis enfoncé dans les rues de ce quartier, près du marché aux puces. J'ai senti cette frontière invisible où l'Etat n'est plus. J'ai découvert Marseille l'authentique, j'ai croisé les Marseillais de ces quartiers, de cette seconde moitié de ville. Les banlieusards des 9-3, 9-2, 9-1, des musiciens, des bosquets, des Indes sont jaloux de Marseille, il y a de quoi. Les banlieusards ne sont pas parisiens. Les habitants des quartiers Nord sont des Marseillais et fiers de l'être, comme je les comprends. Vous pouvez être fier, de vous, de votre cité phocéenne. Marseille, soi-disant corrompue…Venez le temps d'un weekend. Venez danser sur nos plages, dans nos paillottes, sur nos toits, dans la rue. Laissez-vous dorer au soleil dans nos calanques, brûler la peau sur nos collines, celles de Pagnol, Puget ou Garlaban. Il y a de quoi faire, entre mer et montagne, entre villages et métropole, pétanque et pastis. Je suis jaloux de Toulouse, pour une seule raison. Nous n'avons pas Nougaro. Si Claude avait grandi à l'Estaque plutôt qu'aux Minimes, il aurait écrit la plus belle des chansons sur cette ville de Marseille.

Je découvre aussi la musique fabriquée par nos Marseillais. Les plus emblématiques, IAM, j'adore ! Massilia Sound System que j'ai pu voir et écouter aux Dock-des-Suds. J'ai écouté Alonzo il y a peu de temps, j'aime bien aussi. J'ai découvert aussi à la médiathèque de l'Alcazar Jawa Rit. J'ai un souvenir de dingue d'un dîner à la Valentine. J'ai vu Jacques Veneruso chanter, tranquille comme on dit par ici. Pour de bon ! J'ai un souvenir aussi, très particulier. Celui d'avoir vu Christine & the Queens aux Docks. C'est aussi ce soir-là que j'ai découvert Jeanne Added, quelle élégance, quelle singularité. Quand j'écoute ce titre – Station, je ne peux m'empêcher de penser à Marseille….

> *D'ordinaire cette ville n'offre rien*
> *Qu'une poignée d'odeurs tenaces*
> *Et cette ville est morte je sais bien*
> *Toi seul garde de l'audace*
> *Il faudrait que tu la portes loin*
> *Alors que d'autres renoncent*
> *Je descends deux enfers plus loin*
> *Pour que l'orage s'annonce*
> *Here's my station*
> *Here's my station*
> *But if you say just one word, I'll stay with you*

102ᵉᵐᵉ ETAGE (EST-CE AINSI)

Les femmes sont faites pour être baisées. Ce n'est pas moi qui le déclare, c'est une femme – Constance Debré. Elle le dit haut et fort sur les plateaux télés et surtout dans son bouquin. Il n'y a rien de vulgaire dans cette façon de dire certaines choses, comme l'amour. Je sais aussi que j'aime bien le dire aussi à ma merveilleuse créature que j'ai envie de la baiser. Le trash yéyé, pour faire un clin d'œil à B.B., comme une impertinence sans que cela soit considéré comme un manque de respect. Je pense aussi à son joli cul de déesse qui me demande de la baiser comme une salope, j'adore ! C'est tellement en décalage avec sa vie de tous les jours, son sérieux dans son métier comme je peux l'être dans le mien.

Pourtant, je viens de loin. Des abimes, des profondeurs de la luxure. Un peu d'exagération ne nuit à personnes. J'ai enchainé les plans culs réguliers. Trop de déception, peu d'engagement de part et d'autre. C'est un contrat à court terme. Un profil sur un site de rencontre, le plus connu pour plus de possibilité, un abonnement de courte durée et vous voilà connecté potentiellement à une pléiade de prétendantes. J'avais perdu la foi, je n'y croyais plus. Les rendez se sont succédés et toujours le même discours. Moi, je ne veux plus d'un mec chez moi. Aujourd'hui, c'est chacun chez soi. On se voit si on a envie. De ces rencontres, il ne faut rien espérer ou si peu ? J'en ai fait l'expérience. J'ai fait confiance à une personne du site. J'étais son super mec, celui qui est au-dessus des autres. Elle était rebelle, bohème, jolie. On se fréquentait depuis plusieurs semaines. J'ai rencontré sa fille, nous avons dîné ensemble, tous les trois. Tout semblait si sincère. Un jour, elle m'appelle pour me remercier des fleurs, de la boite de chocolat et de cette belle bougie parfumée. Pas de bol, ce n'était pas moi qui lui avait envoyé tout ça, mais bien un autre. Un long silence s'est installé. Elle m'a dit au téléphone :

- Tu me fais marcher ! c'est toi, cela ne peut être que toi.

Je vous assure que ces quelques minutes m'ont parues une éternité. J'ai fait confiance, trop rapidement certainement. J'ai baissé ma garde, ouvert un passage, ôté mon armure, ma protection pour qu'elle puisse sentir battre mon cœur. Je le lui ai offert à la pointe de son poignard, quelle erreur, quelle déception. Elle a voulu m'expliquer que cela lui était tombé dessus, sans crier « gare ». J'imagine assez bien la scène d'un type à poil, sa queue bien tendue qui tombe du ciel juste sur elle, jambes écartées sans crier « au viol » et même en y trouvant certainement beaucoup de plaisir. C'est là que je comprends pleinement la pensée de Constance. C'est aussi à ce moment que je me rappelle les mots d'Aragon.

Tout est affaire de décor
Changer de lit, changer de corps
À quoi bon puisque c'est encore
Moi qui moi-même me trahis
Moi qui me traîne et m'éparpille
Et mon ombre se déshabille
Dans les bras semblables des filles
Où j'ai cru trouver un pays

Cœur léger, cœur changeant, cœur lourd
Le temps de rêver est bien court
Que faut-il faire de mes jours
Que faut-il faire de mes nuits
Je n'avais amour ni demeure
Nulle part où je vive ou meure
Je passais comme la rumeur
Je m'endormais comme le bruit

Est-ce ainsi que les hommes vivent
Et leurs baisers au loin les suivent
Comme des soleils révolus

Elle a voulu m'expliquer qu'elle avait fait cette rencontre dans la « vraie » vie. Comme si ma rencontre avec elle s'inscrivait dans un film, d'un scénario douteux, que rien n'était réel. Comme si c'était une excuse. Je ne l'ai pas cru un instant. Elle mentait mal sur ce coup-là. Il travaillait avec elle, soi-disant. Moi, je n'arrivais pas à aligner deux mots. J'étais tout tremblotant, cueilli par l'émotion et tellement vexé de m'être fait enfumer comme un lapin de six semaines. Les femmes et leurs charmes, le talon d'Achille des hommes. Le mien évidemment.

Quelques mois plus tard, c'est une de mes copines voisine qui m'a parlé d'elle et de son mec qui n'a jamais bossé avec elle mais qui naviguait sur le même site de rencontre et aussi sur des bateaux où il bossait. La vérité, on finit toujours par la connaitre, alors il vaut mieux éviter de mentir. Marseille est une petite ville finalement. Et puis, ma copine Do connait beaucoup de gens et de meeticiens. Je sais que je la croiserai, un jour prochain. Je pense qu'elle fera mine de ne pas me connaitre. Elle qui me tenait de belles théories sur « l'humain », le zen, la sincérité, la méditation, le yoga. C'est la mode, d'expliquer que l'on est connecté à l'univers et en pleine conscience en oubliant le fakir qui est resté coincé dans l'armoire Ikéa. Pour une fois, il me semble que le mensonge est asexué, une vraie parité homme-femme. Le vernis s'écaille pour laisser apparaitre la véritable nature humaine. Les hommes et femmes ne mentent pas pour les mêmes raisons. Les femmes ont plutôt tendance à ne pas révéler une histoire qui dure depuis un certain temps. De là à dire que les femmes mentent mieux, ça serait facile, trop facile. A l'occasion, lisez l'ouvrage de Lisa Letessier – Le mensonge dans le couple. Cela pourra vous éviter des séances de psy trop chères. Ce bouquin est l'une des solutions assez simples à mettre en œuvre pour un couple qui vit dans la souffrance des mensonges et qui aurait envie d'en sortir. Je sais aussi qu'ils sont peu nombreux. C'est terrible comme constat. Celle d'une précarité et d'une pauvreté affective, d'une dépendance aussi. La crise du COVID exacerbe ces sentiments d'isolement, de dépendance, de précarité. Dans ces moments, les plus solides s'en sortent pas trop mal. Pour les autres, c'est une question de survie ou de naufrage.

Ce que cette histoire m'a fait comprendre, c'est qu'on est vraiment guéri d'une femme quand on est même plus curieux de savoir avec qui elle vous oublie.

103ᴱᴹᴱ ETAGE (TATOO)

Vous avez sollicité,
Mes bas instincts suscités, da da dap

La symbolique, en voilà aussi un truc que je kiff. D'où ça me vient ? De mon éducation en priorité. L'image du père, de sa superbe, des objets cultes qu'il conservait comme des reliques. Une enclume de bijoutier, une balance de précision d'horloger, une vieille montre en or à son poignet. Sa coupe de cheveux, toujours impeccable, la moustache fine et bien taillée. De ses boutons de manchettes gravés assortis à la pince de cravate. De son sigle cousu par ma mère sur ses chemises à la hauteur de poitrine. Ceux de ma mère, des bibelots qu'elle avait réussi à placer dans la salle à manger, sur le buffet. Les cahiers d'école de son père conservés dans le tiroir, un Napoléon, cette pièce en or qui servira en cas de coup dur. Puis de mon parcours de Compagnon où la symbolique à beaucoup d'importance. Les couleurs, la canne, les blasons des corporations, tous les noms que l'on donne aux frères, le sens du travail, sa valeur, les initiations. Après, c'est tout ce que j'en ai fait et de cette valeur refuge aussi. La symbolique, c'est un sens caché, ce que cela nous apprend sur nous même, l'attachement que l'on a pour un objet, un bijou. Ce n'est pas être matérialiste ou fétichiste, il ne faudrait pas que la perte ou la casse de cet objet si miraculeux, tellement intime soit l'origine de votre dépression.

C'est comme les couleurs, il y a toujours une couleur que l'on préfère pour des raisons qui nous sont personnelles. Moi, j'aime le bleu. Et en voici les raisons, à la volée. Le bleu du ciel, de la méditerranée, le grand bleu, un bleu de travail, l'heure bleue, être fleur bleue, la planète bleue, le bleu cordon des chevaliers, la bicyclette bleue, une entrecôte bleue, les mots bleus, une peur bleue, avoir le blues, avoir des bleus.

Ce bleu, que nous les occidentaux aimons tant à une signification. C'est l'une de nos couleurs préférées. Le bleu est omniprésent autour de nous. Le bleu est l'écho de la vie, du voyage et des découvertes, de nos voyages à l'autre bout de la Terre ou de nos introspections. C'est son côté rafraîchissant et pur qui permet de retrouver un certain calme intérieur lié aux choses profondes. C'est aussi la nostalgie, et ce sentiment ne fait pas peur. A choisir, je préfère avoir le blues qu'avoir des bleus.

Aujourd'hui, si je dois avoir des bleus sur le corps, c'est moi qui choisis, quoi, où et quand. Avant, je cachais mes bleus, les coups non maitrisés de mon père qui s'était fait prendre par sa propre colère alors que d'habitude, il savait où et comment cogner pour éviter de marquer. Ancien boxeur, je peux vous dire qu'il n'avait rien perdu de ses gestes malgré les années passées et l'alcool qu'il buvait. Ce fût donc comme une évidence pour moi, celle de me tatouer un truc sur la peau. C'était en 1995 quand je me suis décidé, et en aucun cas pour suivre un phénomène de mode comme c'est souvent le cas de nos jours. J'ai cherché l'artiste qui allait graver mon corps à l'encre bleue. Je ne voulais pas un de ces salons qui s'ouvrent au coin d'une rue, à la place d'une laverie automatique, mais un véritable tatoueur ayant une solide réputation. Je ne me rappelle pas son nom, juste son prénom, Michel. Il vivait dans le 17ème et avait consacré une pièce de son appartement à son activité. Des murs blancs, sobrement décorés de photos ethniques, deux gros fauteuils en cuir dans l'entrée, un halogène couleur laiton. On s'est installé dans les gros fauteuils et nous avons bavardé. Il souhaitait savoir ce que je faisais dans la vie, où j'habitais, si j'avais voyagé, pourquoi je voulais me tatouer et surtout, le plus important pour lui, quel serait le motif de mon tatouage. Nous avons parlé une heure je pense, peut-être un peu plus. J'étais face à un parfait inconnu mais les mots sont venus facilement. Je lui ai expliqué toute ma démarche, le pourquoi de ce tatouage, mes motivations et j'ai sorti de mon sac US un dessin que j'avais pris le temps de réaliser avant de venir. Il a regardé mon dessin, m'a demandé si j'avais copié un modèle. Il a sorti un crayon HB et une gomme. Puis il me pria de passer dans son cabinet. Michel avait dû réaménager la distribution des pièces car il m'a semblé que son cabinet de tatouage était une ancienne salle de bain réhabilitée. Il disparut quelques minutes pour réapparaitre avec un masque chirurgical sur le nez et la bouche et une blouse vert clair, comme chez le dentiste. J'ai ôté mon haut et je me suis assis dans le fauteuil médical. A l'aide d'un feutre à point fine, il a reproduit mon dessin sur mon épaule.

- Ça te va ? La hauteur, la position ? J'ai légèrement modifié le mouvement pour qu'il s'inscrive parfaitement à ta morpho.

C'était parfait, il avait raison. L'idée de porter un de mes dessins gravés sur ma peau me procure une joie, une satisfaction, un truc original rien qu'à moi. Michel badigeonna mon épaule de gel, et il reproduisit mon dessin finement sur mon épaule, saisit son stylet à l'encre bleue et commença. Ça grésillait, ça ne me faisait pas vraiment mal, c'était juste agaçant comme bruit et comme sensation sur la peau, des picotements. Il aura fallu plus d'une heure à Michel pour terminer son travail. J'étais heureux, je devais avoir une mine réjouie dans le métro. Mon dragon sur l'épaule, à gauche, côté cœur.

Pourquoi un dragon ? Pour la symbolique bien sûr. Le plus souvent, il rappelle la force et le courage. Les dragons sont des messagers d'équilibre et de magie. Le dragon représente la transmutation, l'énergie et la maîtrise. En tant qu'animal puissant, il me prête de l'enthousiasme, du courage, de la vitalité. Mes feux intérieurs s'allument. Il m'aide à gérer et à surmonter les obstacles. Il est un puissant protecteur, je crois en ses vertus de leadership et de maîtrise en plus d'une plus grande force pour atteindre mes objectifs. Je ressens sa puissance et il m'apporte perspicacité, inspiration et vitalité. Les grands éclairs d'illumination dans la psyché et l'intellect sont l'une des nombreuses possibilités offertes par cet animal totem parait-il. Perspicacité et clarté, il me rappelle que je dois faire confiance à ma voix intérieure. C'est aussi un animal mythique, dans les films pour enfants, dans les jeux de rôles. Le puissant dragon du château, gardien du château, du donjon, de la belle et jeune princesse, toute blonde. Cette belle et jeune princesse, c'est ma fille et je serai son protecteur à tout jamais. C'est certainement banal, tellement commun, semblable aux autres tatoués de la planète mais c'est mon histoire, c'est ma décision, c'est mon corps et j'aime aussi cette marque indélébile qui me suivra jusqu'au bout. C'est comme un médicament homéopathique, c'est comme si je portais en moi toutes les forces de la nature. C'est l'air, mon élément quotidien, celui que je respire, mon travail dans l'aéronautique depuis des années. L'eau, comme les dragons je suis dans l'eau, celle de ma mère. La terre, mon aire de jeux sans laquelle je ne pourrais avancer. Le feu, celui qui m'habite depuis ma tendre enfance. C'est cet ensemble, cet équilibre qui est mon moi intérieur, ce dragon que j'ai réussi à dompter. A ceux qui veulent toujours me connaitre, écoutez mon histoire, regardez ce que j'ai accompli et déchiffrez mon tatouage celui qui est et restera à jamais l'extraverti du non-dit.

104ᵉᵐᵉ ETAGE (LES PARADIS PERDUS)

Nostalgique, dandy, élégant, créatif, original, charismatique. C'est une idée, une image, quelque chose que j'aimerais laisser, que j'aimerais que l'on dise de moi si je dois disparaitre. Je dois me faire à cette idée, plus précise, et prévoir pour ne pas laisser cette responsabilité à ceux qui resteront. La vie, la mienne, m'a appris qu'il faut être prêt à tout, surtout au pire.

Cette année 2020 restera gravée à jamais dans ma mémoire, comme beaucoup d'entre nous. Dans mon job premièrement, avec la fin de mon passage à l'Aviation Civile. Et puis et surtout, à cause de la crise sanitaire. Le COVID19, la menace invisible, celle que nous ne soupçonnons pas et qui cause tellement de décès. J'ai entendu des choses terribles pendant le confinement. C'est la loi naturelle, une sélection. Cette pandémie rend service à notre Terre surpeuplée et que les plus fragiles nous laissent de la place. Il ne fait pas bon d'être en surpoids, diabétique ou en insuffisance respiratoire. Etrangement, les fumeurs seraient épargnés. Au début, il ne faut pas s'alarmer. Pas besoin de masque ou de gel pour les mains. Et puis, les rumeurs qui enflent et se confirment. Il n'y aura pas assez de masques pour protéger la population. En ce début de confinement, je regardais les infos. J'ai écouté, comme beaucoup, les grandes interventions télévisées de soi-disant éminents spécialistes qui livrent une analyse et un diagnostic à l'aide de power-point, de graphiques, de chiffres alarmants. Tout est bon pour capter notre attention et surtout notre peur. Les statistiques s'envolent, le nombre de morts ne cesse d'augmenter, le nombre de lits en réanimation n'est plus suffisant. Il n'y a pas assez de soignants, pas assez de matériel. Je reste stupéfait quand j'entends que notre cher pays dispose seulement de cinq mille places en réanimation, quelle aberration quand on découvre que l'Allemagne en a cinq fois plus. Sur les plateaux télés, nous assistons aux défilés de personnages qui ont chacun un avis fondé sur leurs intimes convictions. C'est complétement délirant de demander à un médecin de campagne un avis sur la pandémie liée à un virus dont on ne sait pas grand-chose, si ce n'est qu'il vient de Chine. Toutes les théories, mêmes les pires, émergent de toute part. Que c'est un complot gouvernemental lié à des intérêts financiers et soutenu par des lobbies pharmaceutiques, que cette pandémie est une pure invention en vue de faire chuter les systèmes capitalistes mondiaux et tant d'autres scénarios aussi abraquadabrantesques.

Nous sommes confinés, c'est annoncé par le Président. Plus de sorties, plus d'école, plus de parents aux grilles à attendre leurs enfants, plus de boulot pour beaucoup. Plus de voitures sur les routes ou si peu. Les boutiques, cafés, restaurants ont tirés leurs rideaux métalliques, pour combien de temps, personne ne le sait exactement. Les cinémas, les théâtres, les salles de concert fermés aussi. Nous sommes pris de court. Les supermarchés encore ouverts sont dévastés, comme si nous étions en guerre. Il n'y a plus de solidarité, c'est chacun pour soi. J'ai vu des gens se prendre la tête pour des paquets de pâtes. Les files d'attente s'allongent, il faut être stratège et surtout patient, ce qui n'est pas le fort des français. Il faut une attestation pour sortir, une permission de première nécessité. Aller acheter un journal n'est pas considéré comme une nécessité, il faut être connecté sur BFM à écouter leurs conneries. Il faut appauvrir la population, la rendre servile. On se croirait au Moyen Âge.

C'est la cohue, la course à l'internet, aux réseaux sociaux. C'est une prise de conscience, plus ou moins collective, de ce qu'est notre monde ou l'idée qu'on s'en fait. Nous sommes privés, restreints, emprisonnés dans nos murs et carcans. Nous devons nous adapter, nous réinventer. Il faut des solutions au manque de moyens hospitaliers. Les masques de plongée décathlon sont modifiés pour protéger nos soignants. Ces mêmes soignants que l'on applaudit le soir à vingt heures alors qu'il y a encore quelques semaines, toutes ces personnes qui sont exténuées étaient des planqués, des profiteurs grassement payés pour leur trente-cinq heures quand ils ne sont pas en arrêt maladie. Ces mêmes personnes qui sont admirées pour leur dévouement et qui sont violentées quand elles arrivent à rentrer chez elles, parce que, on ne sait jamais, elles sont certainement porteuses du virus. Les voitures des infirmières et infirmiers sont pillées pour quelques masques chirurgicaux. C'est la guerre, une guerre invisible, qui rend débiles et dieu sait à quel point ils sont nombreux. Ici, à Marseille, le COVID semble plus facile à supporter. Vivre au soleil a toujours du bon. Voir la mer et les collines est plus rassurant que les métros bondés, que les files interminables des gens masqués devant les Monoprix parisiens. Ne pas entendre toutes les dix minutes les sirènes des pompiers, ambulances ou véhicules du SAMU, c'est un confort qu'on a du mal à apprécier, dont on ne perçoit pas l'impact. Je suis monté à Paris pendant le COVID et j'ai été surpris de la différence dans l'application des gestes barrière, dans le respect des horaires d'ouverture des magasins. Marseille me semble tellement anarchique loin de la capitale. La rebelle se manifeste à travers ses figures, son éminent scientifique le professeur Didier « Ché » Raoult. Nous sommes loin de Paris, des politiques, du périph.

Durant cette période, je crois avoir eu la chance de pouvoir poursuivre mon activité sans contrainte ou si peu. Je pouvais circuler, me déplacer partout en France. Je pensais à toutes ces personnes cloîtrées, confinées. Au début du confinement, j'écoutais les journalistes et les politiciens. Pour essayer de comprendre ce qui se passait, quelle était l'ampleur de la pandémie. Très vite, je me suis rendu compte que je polluais mon disque dur interne par toutes ces déclarations imprécises. J'ai souhaité un peu plus de discipline, un peu plus de respect pour qu'on sorte vite de cette impasse, de ce que personne n'a jamais vécu. Secrètement, je me répétais cette phrase :

Un an et un jour,
Je hais les discours,
J'attendrai une année,
J'y ajouterai une journée.

Je croyais que tout pouvait changer et que j'y mettrai ma contribution. Comme des bâtons verticaux que l'on raye jours après jours, pour exorciser le destin, pour voir le bout du tunnel. Qu'un jour de plus suffirait pour que cela se termine. J'étais loin du compte, le pire n'est jamais décevant ne l'oublions pas.

Je sais que nous allons retrouver notre liberté chérie. Je sais que les restaurants, les bars, les commerces non-essentiels rouvriront. Je suis impatient, comme tous ici, que les cinés puissent faire le plein. J'espère que les intermittents vont envahir les rues, les places, les cafés, toutes les scènes disponibles pour nous faire rêver, danser, pleurer. Je pense à mon copain de la côte bleue, à son resto à Sainte Croix, à son équipe qui assure tellement pour que les clients soient au mieux. Je pense à notre rencontre, musicale et gustative, et cet album de Christophe que je lui ai donné et qu'il a joué tout l'été. Je suis impatient de le retrouver, de m'assoir sur cette terrasse en sirotant un rosé de Provence bien frais, une belle femme assise en face de moi, ces instants, ces petits bonheurs, ces paradis perdus.

Dans ma veste de soie rose
Je déambule morose
Le crépuscule est grandiose

Peut-être un beau jour voudras-tu
Retrouver avec moi
Les paradis perdus

105ᵉᵐᵉ ETAGE (STRONG)

Comme vous le savez, je ne suis pas grand. Même s'il est vrai que j'aurais aimé avoir quelques centimètres de plus, je me console facilement parce que je suis plutôt bien gaulé. J'ai des petits pieds, comme le reste de mon anatomie, enfin presque tout le reste de mon anatomie. Je chausse du 39. Il faut savoir que pour nous les hommes, la gamme des tailles commence au 40. Donc, depuis des années, c'est un enfer pour trouver une paire de chaussures à la mode. Spéciale dédicace au Coq sportif où je peux trouver mes derbies blanche depuis des années. J'aime les chaussures, j'aime beaucoup marcher. Comme un bon ouvrier doit avoir de bons outils, il est préférable d'être bien équipé si je veux aller loin. D'ailleurs, c'est drôle mais je n'ai jamais pensé à monter haut. Il y a des expressions qui me font bien rire. Peter plus haut que son cul. Si on oublie la métaphore et que l'on se concentre sur l'acte, il faut être vachement souple ou contorsionniste pour être capable d'une telle prouesse.

J'étais au Galfa du centre Bourse le weekend dernier. J'ai connu le centre en plein travaux. Ça a duré la vie d'un pape. C'était un vrai bazar. C'est un endroit que j'aime beaucoup. J'y vais souvent faire mon shopping. Je préfère ce lieu aux Terrasses du port même si j'adore la vue sur mer depuis les brasseries. Je suis donc monté au premier étage. J'avais décidé de m'acheter une nouvelle paire de chaussures légèrement montantes pour l'hiver. J'en ai essayé plusieurs paires qui me plaisaient mais trop grandes. Du 40, pas en dessous. Et puis, j'ai déniché une paire de chaussures à moins 50%, en 40 mais qui me vont parfaitement. J'avais commencé à me résigner à ne pas trouver. Je n'avais rien décidé vraiment non plus. Il n'y avait aucune urgence à trouver obligatoirement, j'avais juste envie, comme ça arrive parfois. J'avais aussi envie de faire plaisir ce jour-là et j'ai assouvi ce désir. C'est aussi une partie de ma personnalité complexe parait-il. J'aime faire plaisir, cela me fait autant de bien d'offrir que de recevoir. Est-ce parce qu'il m'est arrivé de manquer, d'être privé ou plus simplement de n'avoir pas eu les moyens que j'en deviens généreux ? Je ne sais pas répondre exactement, je n'ai pas d'avis tranché. Cependant, quand je prends une décision, je m'y tiens. Je ne me souviens pas avoir été envahi par le doute. C'est comme s'il n'y avait pas de place pour ça. Je sais que je vais y arriver, quel que soit le projet ou le fantasme. Je le sais car j'ai décidé il y a longtemps que plus personne ne me dirait le contraire. Le « c'est trop dur pour toi » oust ! Je me suis efforcé de dire à ma fille « je sais que tu vas y arriver ». Et il me semble que ça lui a plutôt réussi. C'est comme cette phrase que je me répète « n'essaie pas, fait le ! ». A quoi sert l'étendue du monde quand nos souliers sont trop étroits. A quoi sert la pensée quand elle est étriquée. A quoi sert l'envie quand elle est limitée, diminuée.

Think
You better think
Think about what you're trying to do to me
Think
Let your mind go let yourself be free

J'ai mis du temps à comprendre mon mécanisme lié à l'envie. Aujourd'hui, je sais que mes envies sont le résultat d'une véritable connaissance de ma personnalité et aussi celle des autres. Et puis, j'ai su analyser, sonder d'où me venaient ces envies. Je crois que cela tient aussi à mon métier. J'audite, j'analyse, je réalise des études de changements. Un de mes patrons m'a dit un jour « Dites-moi ce que vous désirez, je vais vous expliquer comment vous en passer ». Ça tient la route !

Je sais me satisfaire de ma simple condition, ce qui relève du défi pour un certain nombre de primates qui sont dans la convoitise en permanence. Ma condition d'homme est donc un premier bonheur, sans avoir décidé qu'il en serait ainsi. Donc, Mazeltov mes parents de m'avoir procréé. Je suis le fruit d'une envie, d'un désir même s'il n'a pas été maitrisé ou réfléchi. Quoi de meilleur que de succomber aux charmes, à la chair et même à la luxure. Je suis aussi cet enfant de la balle d'une père boxeur, d'une mère couturière et peintre. J'ai en moi cette créativité qui surgit comme un volcan en éruption. Je suis comme l'eau qui prend la forme du vase, j'ai cet héritage dans mon ADN. C'est beaucoup moins lourd à porter comme filiation, ça aurait pu être pire.

Je ne me suis jamais plaint de mon sort, je m'en suis bien sorti. Exit les boulets, les casseroles, le patos portos et aramis. Ce qui ne vous tue pas vous rend plus fort.

Je suis solide.

106ᴱᴹᴱ ETAGE (ALTER EGO)

Je ne souffre pas de solitude. Je ne crains pas ce sentiment, ni celui d'être parfois désœuvré. Je suis en paix avec le fait que je préfère vivre seul plutôt que mal accompagné. Je vis seul depuis longtemps et j'aime cette façon d'être seul avec moi. Je ne suis pas désabusé concernant mes relations avec d'autres. Je suis réaliste. J'ai très peu d'amis et cela me va bien. Je ne cherche pas à combler des vides par la présence d'une femme même si j'avoue que j'apprécie leur compagnie. Il est vrai aussi que j'aime faire l'amour sans pour autant le faire avec n'importe qui. Je me protège et donc, je protège aussi ma partenaire. Je donne mon sang régulièrement et me fait tester aussi souvent que nécessaire.

Tout au long de ma vie, j'ai quitté et j'ai été quitté. J'ai dû renoncer à ce que j'aimais quelques fois, ce à quoi je croyais tenir le plus et c'est terrible. C'est à travers ces départs et ces pertes que j'ai grandi. Il faut être réaliste, c'est la somme de ces moments qui m'ont fait progresser et découvrir qui est mon véritable allié. Pendant des années, ma réponse à cette question a été le temps. Bien entendu, les expériences additionnées aux années ont fait de moi aussi ce que je suis aujourd'hui. Mon visage porte les traces du temps qui passe. Mon corps aussi pèse plus lourd et il m'est parfois difficile de bouger comme avant où je sautais comme un cabri, de rochers en rochers, chassant les cascades de l'île de la Réunion. Je n'ai plus vingt ans, ni trente-cinq d'ailleurs. Le temps est un traitre de cape et d'épée qui vous glisse sa poudre d'oubli dans votre coca. Ce temps, celui-ci, n'est pas mon allié, il se joue de moi, me fait hésiter, veiller tard, fatiguer vite, manger froid, lever tôt.

Le temps, c'est un luxe qui ne coûte pas cher quand on a compris. Quand les années passées sont sans regrets, sans rancunes. Il n'est pas aisé de faire cette gymnastique intellectuelle. Je suis une émotion permanente, comme du lait sur le feu qu'on aurait laissé sans surveillance. Je suis chargé en permanence, je ne connais pas le low power. Je suis cette ombre et aussi la lumière, le feu et la glace, la terre et le ciel. Je suis cette mémoire vive et instinctive. Je veux me souvenir, je muscle cette partie de mon corps sans abonnement en salle ni poudre magique protéinée. Pourtant, il est bon d'oublier, parfois. Oublier ce qui m'a blessé, mais sans oublier jamais les leçons que j'en ai tiré. J'ai cette pensée immédiate à quelques-unes, ces femmes qui m'ont malmené. Il y en a peu, c'est préférable. Elles ont bien fait tourner les manèges en plus de m'étourdir avec leurs néons. C'était un jeu de dupe, de jupe, de flute et patatras. Elles ont pris une place, elles se sont invitées et je les ai laissées entrer, sans contrat, ni loyer. Sans caution. Sans crier « gare » ou éloignez-vous de la bordure du quai. Je me suis laissé faire alors que j'aime tant driver. Elles m'ont raconté chacune une belle histoire à laquelle j'ai voulu croire. Elles m'ont convaincu, un instant et un peu plus. Une pincée de ce sel de la vie qui donne un autre goût au quotidien, aux weekends, aux nuits d'amour, à l'odeur des draps, à la douche partagée. Je me suis laisser convaincre, en oubliant ma petite voix intérieure. J'ai cru, quoi de plus banal en somme. Je me suis fait embarquer et j'ai déchanté, déjanté, vrillé sur le pied gauche, tourné au fond du couloir et me suis pris le mur en pleine gueule.

Ce qui est le pire au fond, ce n'est pas de renoncer à un être, c'est de renoncer à ce qu'il représente dans votre vie.

Marcel Proust disait : Comment oublier à jamais quelqu'un qu'on aime depuis toujours ? Alors j'ai la réponse Marcel : essayez de vivre avec cette personne, en règle générale, ça se termine toujours mal, plus facile pour l'oublier.

Ce qui me bouleverse dans ces moments, ce n'est pas qu'elles aient menti, c'est que désormais j'aurais du mal à y croire à cette belle histoire. Une qui se termine avec ces mots. « Prends soin de toi, restons amis ». Ce n'est pas « restons amis », c'est plutôt « soyons amants », rien de plus, ça n'aurait dû être rien de plus. J'ai eu cette audace, celle de l'espoir, l'espoir de croire que j'allais vivre un moment unique. J'ai la certitude qu'on ne nait pas mauvais mais qu'on le devient. Là où j'ai eu tort, c'est de croire que le mal est facilement reconnaissable. Et quand il est monté sur des tiges de douze, blonde aux yeux bleus, habilement emballé dans une robe Maje, j'ai le droit d'avoir les mains qui tremblent quand je lui dégrafe son soutien-gorge et que je la baise sur son canapé suédois. Le diable ne s'habille par forcément en Prada, quelque fois il a bon goût.

    Je suis le produit de mes erreurs. Pour ménager mon égo, j'appelle cela de l'expérience, plus digeste. Un cœur brisé se répare mieux qu'un égo ébréché. C'est quand je sépare Alter d'Ego que tout part en sucette. C'est un vieux couple comme Strasky et Hutch, Ac Dc, Marc et Sophie. Il ne faut pas toucher à l'iconique version originale. Il faut s'abandonner à sa douce musique, son enivrant parfum, son charme absolu. Il faut reconnaitre sa force et s'en remettre. Le bonheur est une manière d'être, or les manières s'apprennent, comme j'apprends de mon autre celui qui a poussé en moi, mon ange gardien.

> *Toi, tu es mon autre*
> *La force de ma foi*
> *Ma faiblesse et ma loi*
> *Mon insolence et mon droit*
> *Moi, je suis ton autre*
> *Si nous n'étions pas d'ici*
> *Nous serions l'infini*
> *Et si l'un de nous deux tombe*
> *L'arbre de nos vies*
> *Nous gardera loin de l'ombre*
> *Entre ciel et fruit*
> *Mais jamais trop loin de l'autre*
> *Nous serions maudits*
> *Tu seras ma dernière seconde*

Car je suis seule à les entendre
Les silences et quand j'en tremble
Toi, tu es mon autre
La force de ma foi
Ma faiblesse et ma loi
Mon insolence et mon droit
Moi, je suis ton autre
Si nous n'étions pas d'ici
Nous serions l'infini

107ᴱᴹᴱ ETAGE (ICU)

La nouveauté, c'est bien, surtout au début. J'adore cette phrase. C'est comme cette citation de Woody Allen « l'éternité c'est long, surtout vers la fin ». En disant ces deux phrases à voix haute de mon mètre soixante, je repense à cette émission que j'ai entendue sur Inter un samedi matin. Ça parlait de la musique dans la campagne présidentielle américaine et des discours des candidats. C'est aussi en écoutant les intervenants que j'ai appris deux nouveaux mots. Anaphore et épiphore. Barak Obama a utilisé ce style en écrivant ses discours de campagne comme le faisait Martin Luther King et son fameux « I have a dream » qu'il citait en début de phrase, une anaphore.

> *I have a dream*
> *that one day this nation will rise up and live out the true meaning of its creed: "We hold these truths to be self-evident, that all men are created equal."*
>
> *I have a dream*
> *that one day on the red hills of Georgia the sons of former slaves and the sons of former slave*

*owners will be able to sit down
together at the table of brotherhood.*

I have a dream

*that one day even the state of Mississippi, a
state sweltering with the heat of injustice,
sweltering with the heat of oppression,
will be transformed into an oasis of freedom and
justice.*

*I have a dream that my four little children will
one day live in a nation
where they will not be judged by the color of
their skin but by the content of their character.*

I have a dream today.

  Barack Obama lui terminait ses phrases par « Yes, we can ». C'est un épiphore. Si je vous parle de cela, c'est parce que ça m'a bien fait cogiter. Entre les expressions utilisées en fin de phrase comme à Marseille avec « Ma foi » ou les tocs comme celui de répéter deux fois la même phrase, comme pour surligner l'importance de ce que l'on dit. Il existe un tas de médias pour connecter le monde sur la toile. Moi, j'en reviens toujours à ma distance de portée de voix pour être entendu ou par un roman pour être lu.

J'écris par besoin et surtout par envie. Je ne suis pas assez talentueux pour inventer une histoire, une fiction. Je pense aussi que je serais un médiocre scénariste de série B. Je sais que j'écrirai un autre roman après celui-ci. Quand j'ai publié mon premier livre, je me suis promis d'en faire trois. Le premier étai un essai, une esquisse. Celui-ci est à mon sens plus abouti. Je me confie à vous. Je sais parler de moi, enfin je l'espère et je souhaite aussi que ce soit utile à d'autres que moi pour tenter de comprendre ce que nous sommes, ce qui nous fait vibrer, ce qui nous fait avancer. Je partage avec vous un bout de ma vie. Rien d'exceptionnel en somme, si ça vous éclaire, si après avoir lu ces quelques pages, vous vous demandez qui vous êtes et ce que vous allez laisser de votre passage en ce bas monde alors, c'est un bon début. Je n'ai aucune prétention, si ce n'est de tomber sur vous, si ce n'est de vous dire qui je suis. C'est un peu comme si je vous connaissais déjà et que je peux vous faire quelques intimes confidences. C'est comme si le temps était compté, c'est comme un accélérateur ce bouquin car il reste tant à vivre encore qu'il faut que je libère de l'espace dans mon disque dur interne pour pouvoir engranger, pour emmagasiner tous les détails de mes prochaines expériences, tous les paysages que je vais découvrir, tous les visages des personnes que je vais croiser sur ma route. Vous avez dû voir ce film « Avatar », je vous vois.

and I see you, in every cab that goes by, in the strangers at every cross road, in every bar

it takes a glass or two
for it to settle down
for your shadows to stop following me around
I find myself walking back
to all the places we knew
dreaming and wishing
to somehow run into you

Je me vois aussi. Dans le jardin, à tailler la haie, les arbres, à tondre la pelouse, à nettoyer, à éclaircir. C'est comme un appel, un murmure de la nature qui me demande de sortir les outils, de couper, de raccourcir. La vue d'un jardin entretenu me rassure et me procure une vraie satisfaction quand je sais que j'ai passé la matinée à jardiner, à être dehors. Je m'aperçois que j'aime bâtir, rénover, bricoler et ce depuis mon enfance. C'est aussi une belle démonstration du sentiment, une manière de faire une déclaration d'amour. Ça fait vieux jeu peut-être, le truc du mec qui construit la maison pour sa belle. C'est créer un monde autour du désir d'être avec, d'être ensemble, de partager un univers immense ou réduit à quelques mètres carrés mais qui suffisent amplement. Les femmes aiment cette qualité chez un homme. Cette idée des fondations, d'une sécurité, d'une capacité à voir sur la durée, cette ressource à assurer aussi pour un avenir, une protection. Je suis Pierre le bâtisseur, le forgeron, le joyeux jardinier. Je suis ce mec debout sur sa planche dans les calanques quand la houle fait danser les bateaux de location, je suis cet homme qui se promène en équilibre sur les crêtes. Je suis celui sur qui vous pouvez compter.

108ᴱᴹᴱ ETAGE (NEIL YOUNG)

Chaque personne qu'on s'autorise à aimer, est quelqu'un qu'on prend le risque de perdre. Pourtant, loin de moi cette idée que de renoncer ou de vivre encore un échec. J'ai confiance en moi à défaut d'être sûr de moi. J'ai toujours trouvé en moi assez de courage pour affronter l'incertain plutôt que de le fuir ou m'en détourner.

Je sais que je vais la rencontrer, un jour, bientôt. Je sais qu'elle ne sera pas comme je l'imagine. C'est dingue, depuis que je pense à ça, je me retourne sur des femmes que je n'aurais pas regardées auparavant, à leur trouver du charme, un truc bien à elles et je me sens unique de les avoir percées le temps d'un moment éphémère. C'est troublant le regard qu'elles te retournent quand elles t'ont surpris. Quand une femme se trouve moche mais qu'elle sait se faire aimer, c'est une véritable princesse. C'est ce genre de femme qui fera mon bonheur, j'aime à le croire.

Je sais aussi ce que je lui dirais, comment je l'aborderais. Je lui jetterais un truc du genre :

- Ça fait un siècle que je te connais, ça fait cent ans que je sais que je vais te rencontrer, c'était il y a quinze jours. Je t'attendais depuis si longtemps que j'ai oublié le jour, moi qui suis tellement ponctuel. Tu m'as pris de court, j'ai été quelque peu…surpris. Tu pensais que je serais ton HOM like U, ton rock baby, ton funk baby. Pas de bol cocotte, il te faudra entendre mes silences assourdissants et composer avec mes sorties théâtrales. Je suis comme ça. Ça sort comme ça, brut de fonderie ou de décoffrage si tu as des origines maçonniques. Tu vas devoir te contenter de ma version sous-titrée. C'est un peu désuet, légèrement poussiéreux, c'est du brutal à la Audiard. C'est honnête, sans filtre, sans fioritures ou fanfare. C'est ce que je suis, avec du panache et de la vigueur. Je n'ai confiance qu'en mon manche et en ma parole. L'une est en fer, l'autre d'acier (Tony, sort de ce corps !).

Je l'imagine, stoïque, surprise, voir même gênée. C'est génial de poser cela sur une page, c'est un plaisir personnel. J'enchaînerais avec :

- Si tu rêves, si tu idéalises, que ton homme aura les yeux bleus, s'il te plait ne m'en veux pas. Les miens sont encore verts, je continue à mûrir. C'est comme mon muscle sous-costal. Mon cœur en est un extensible qui bat à 52 au repos. Sache qu'il y a de la place pour toi, pas que. Quant à ma queue, tu as l'exclusivité de mes débordements de jouissance quand tu m'offres ta bouche.

Ecrire, c'est une délivrance, un exercice, une discipline. Ça relève de l'espérance. Je mets la virgule là où je veux que ça freine et le point là où j'ai envie que ça s'arrête. Quand je veux laisser mon idée faire son chemin sans toi, je rajoute quelques points. Quand je m'étonne ou que je m'exclame, j'utilise les points caractérisés mais c'est pas obligé. Et puis le reste, je le laisse à ceux qui veulent tout expliquer. Quelques fois, il n'y a rien à expliquer. C'est juste de la masturbation des sachants qui se doivent d'avoir un avis sur tout, sur toi qu'ils ne connaissent pas, juste en appliquant et en répétant ce qu'ils ont retenu des cours de philo de terminale.

Elle, comment vais-je savoir ? Comment la reconnaître ? A chaque question, il y a une réponse. Encore faut-il poser la bonne question et surtout savoir écouter la réponse. Je crois que je sais depuis quelques temps. Je sais que je suis comme des milliards d'êtres humains à espérer sagement, sans envier, sans me compromettre. Finalement, je ne crois que nous sommes si nombreux…

Je le sais, je le sens. C'est comme ces matins à Marseille, quand j'ouvre les volets de mon appartement et que je vois le soleil pointer à l'horizon. Je sais que quoi que je décide, je vais passer une bonne journée. Je sais que toutes mes vies, d'une heure, d'une nuit, de weekend, d'étreintes, de plaisir m'ont apporté une lumière qui me réchauffe l'âme doucement, lentement, éternellement. Je sais que je vais te trouver et tu vas prendre cher !

> *Sur la noirceur du soleil, sur le sable des marées*
> *Sur le calme du sommeil, sur mon amour retrouvé*
> *Le soleil se lève aussi*
> *Et plus forte est sa chaleur*
> *Plus la vie croit en la vie, plus s'efface la douleur*

J'adore la chanson de Nancy Sinatra – Bang bang. Le son de cette guitare est si reconnaissable aux premiers accords. C'est comme la simplicité du texte.

> *Now he's gone*
> *I don't know why*
> *And till this day*
> *Sometimes I cry*
> *He didn't say goodbye*
> *He didn't take the time to lie*

Cet amour est parti, sans dire au revoir. Sans prendre le temps de mentir. C'est certainement mieux ainsi plutôt qu'une explication qui ne va pas satisfaire, qui ne sera pas comprise. J'ai pris le parti de ne plus m'emmerder avec ça. De toute façon, je serai un salaud même si j'ai été le plus cool, le plus compréhensif, le plus disponible des êtres. Je vis ma vie simplement, c'est déjà assez fou.

109ᵉᵐᵉ ETAGE (YOU CAN'T ALWAYS GET WHAT YOU WANT)

J'aime m'assoir aux terrasses des cafés. J'écoute les conversations des tables voisines discrètement. Parfois, je me marre intérieurement. Sans me moquer, mais il y a tellement de phrases prononcées qui sont exceptionnelles. D'ailleurs, il nous arrive à tous de vouloir vivre intensément quelque chose d'exceptionnel. Mais le temps, le travail, les enfants, le quotidien s'emparent de notre disponibilité car il faut être toujours au top. Métro-boulot-dodo et nous oublions. Nous finissons par oublier ce vœu pieux qui serait enfoui dans nos pensées multiples et variées. Je ne parle pas de notre quart d'heure de gloire, celui d'Andy Warhol, non. Je pense plus particulièrement à ce qui nous fait battre le cœur. Pas obligatoirement de l'amour non plus. Je crois que nous sommes tous convaincus aussi que ce temps, cette retraite, cet instant de répit salutaire viendra et que nous saurons le reconnaître parce qu'il y a toujours un moment et que trop souvent, ce n'est pas le moment. En fait, ce n'est jamais le moment. Tout est fait pour renoncer ou remettre à plus tard cet instant, pourtant, qui nous semble tellement vital, essentiel à notre bien-être. Rien ne se décide, personne ne va prendre le lead, proposer quelque chose pour la soirée. J'ai vécu quelques semaines avec des suiveuses. Cela fait un moment, je ne sais pas combien d'années au juste, que j'ai décidé de vivre autrement. Je ne suis pas en marge ni à contrecourant. Juste vivre simplement, sans abus, avec bienveillance. Avec mon frangin, nous avons cette phrase qui nous fait rire :

- Comme c'est compliqué d'être simple ! Surtout pour une femme.

Vivre à deux aujourd'hui, cela relève du défi. Je ne parle pas de ces couples heureux, avec trois bambins en bas âges qui ne semblent pas connaitre la difficulté ou les soucis, du moins pas encore. Le réveil sonnera plus tard, dans dix ans. Quand « maman » se verra vieillir comme une fleur qui se fane doucement, comme un bouquet de fleurs coupées que l'on aurait oublié sur la table sans avoir changé l'eau. Elle aura passé une partie de sa vie à s'occuper des enfants, des devoirs, des entrainements de foot. Elle aura oublié par moment que c'est aussi une femme et son mari ne lui rappellera pas cette condition souvent. Une routine s'installera, inexorablement. Ça s'appelle l'usure du temps. Un jour, elle aura quarante ans, en aura ras le cul de son quotidien, regardera son mari quand il rentrera du boulot un peu plus tard depuis quelque temps. Elle pensera aux conversations avec les copines quinquagénaires qui se racontent les effets de la ménopause, les bouffées de chaleur, la prise de poids la sécheresse sous le nombril et se dira qu'elle a passé sa vie à s'occuper des autres, pas assez d'elle. Peut-être qu'elle trouvera grâce dans les yeux d'un homme plus jeune ou bien auprès de quelqu'un de légèrement plus âgé, plus disponible, sans contraintes. Ça ressemblera à de la liberté, ça ne sera qu'un mensonge, un de plus sur sa condition.

Il faut savoir ce que l'on veut. Quand on le sait, il faut avoir le courage de le dire. Quand on le dit, il faut avoir le courage de le faire et quand on l'a fait, il faut assumer. Ça parait tellement simple. Ça pourrait ressembler à la méthode Coué, à de l'autosuggestion. Cette petite voix intérieure qui parle tous les jours avec des trucs du genre :

- Tu as bien fait de te lever tôt aujourd'hui, tu vas déchirer en CODIR, tu vas boucler ce dossier ce matin…

Nous autres humains, nous avons d'énormes capacités. La première à mon sens, la plus évidente, c'est la pensée et la matérialisation de notre pensée. Je crois en la loi de l'attraction. Je suis persuadé des bienfaits de l'énergie positive et de ce qu'elle génère. Je suis également convaincu que nous sommes capables de nous reconnaître. Pour les néophytes, la loi de l'attraction consiste à croire qu'il y a un lien direct entre nos pensées et la réalité, ce sur quoi vous choisissez de vous concentrer finit par devenir réalité. J'adore cette phrase que j'ai trop entendu, que j'ai lu trop souvent comme annonce sur un site de rencontre :

- Je sais ce que je ne veux plus !

Mais savez-vous exactement ce que vous voulez ici et maintenant ? La plupart des gens qui aiment prononcer cette phrase ne savent pas définir concrètement ce qu'ils souhaitent vraiment. Moi, je crois aux petits bonheurs du quotidien et cela commence par dire « merci ». Il faut remercier quand dans votre journée quelque chose de bon vient déposer un sourire sur vos lèvres. Un petit rien, un automobiliste pas encore agacé qui vous cède le passage en souriant, une porte qui est maintenue ouverte pour que vous puissiez acheter votre baguette. Ne dites pas « c'est impossible », mais c'est un : possible, et deux : j'y crois. Le trois viendra avec : je mérite.

Je me contente de ces petits bonheurs qui me remplissent quotidiennement. Quant au grand bonheur, mon vrai bonheur découle du sentiment de paix intérieure et de contentement, celui que j'atteins en cultivant l'altruisme, l'amour et la compassion en éliminant la colère, l'égoïsme et la cupidité. C'est ce que j'ai appris du bouddhisme. Pas si facile dans le fond. Mais quand j'y parviens, je recouvre cet état. Je suis en paix avec mon passé, mes échecs, mes ruptures. J'avais pris l'habitude d'une introspection, d'une retraite intérieure, qui me fait perdre le sentiment et parfois mes maux, de ma propre expérience que le bonheur est en moi. Alors quand ce bonheur est partagé avec l'être aimé, j'vous raconte pas.

You can't always get what you want
You can't always get what you want
You can't always get what you want
But if you try sometime you might find
You get what you need

Avril 2021, toujours confinés. Je viens de recevoir ma première prothèse de hanche en titane. C'est étrange comme sensation d'avoir des os remplacés par du métal. Je termine ma rééducation à l'hôpital Sud. J'ai dû ronger mon frein, souvent. Trop pressé, trop en forme, trop envie de sortir, de courir, de sauter. Le médecin du centre m'a demandé de me calmer, de ne pas vouloir aller trop vite. Comment lui expliquer qu'il y a à peine deux mois, je n'arrivais plus à lacer mes chaussures. Comment lui dire que ça fait deux ans que je boite, que je reçois des décharges dans les jambes quand je conduis pour aller bosser. Je sais qu'il en voit toute la journée et que mon cas est plutôt simple dans le fond. Volontaire, sportif, marchant tous les jours malgré les béquilles les premières semaines.

Je me suis fait une raison à défaut d'être raisonnable. N'allonge pas ton bras au-delà de ta manche comme disent les anglais, n'étires pas ta jambe au-delà de ta hanche je me disais tout bas. Sois patient, regarde les autres, écoute leurs douleurs, leurs difficultés à bouger. Sois heureux, toi tu marches sur tes deux jambes. Bientôt la fin, c'est l'histoire de quelques jours, trois fois rien, une goutte d'eau. Je vais aller jusqu'à la fin du confinement ainsi. Je profite de ce moment car je me suis souvent oublié. Je sais qu'il faut savoir se poser, pour récupérer, pour mieux repartir, pour aller loin, plus loin même, encore plus loin si c'est possible.

110ᴱᴹᴱ ÉTAGE (TIME)

J'adore cette citation d'Oscar Wilde :
Soyez vous-même, les autres sont déjà pris !

Nous y sommes. Dans quelques minutes je vais quitter cette cabine d'ascenseur de quelques mètres carrés. Je ne sais pas combien de temps il m'a fallu pour atteindre le sommet. Quelle ascension. Que d'étages, de paysages, de vues qui se dégagent au fur et à mesure que je grimpe vers le sommet. C'est comme dans un train, quand on est collé à la fenêtre du TGV et que tout défile à 300 km/h. C'est comme quand j'étais môme, quand on partait en vacances par le train de nuit gare d'Austerlitz, je ne voulais pas dormir, je voulais tout découvrir, les gares illuminées et désertées, les trains de marchandises qui me semblaient abandonnés au milieu de nulle part. Les villes endormies sous les lumières orange d'une nuit noire. Si je devais revoir ma vie sous le prisme des processus et en particulier, le process Lean, déformation professionnelle oblige, atteindre le cent dixième étage ne m'aurait pris que peu de temps. Lean en anglais, ça veut dire maigre, sans gras. La philosophie du Lean, c'est la recherche de performance en termes de productivité, de qualité, de délais et de coûts grâce à l'amélioration continue et à l'élimination des gaspillages. Pour simplifier, la méthode Lean permet de fournir un travail de grande qualité avec un minimum d'argent, de ressources et de temps. L'idéal en somme. Il faut s'économiser pour atteindre un niveau de performance optimisé sans se disperser et donc, gagner du temps. Si seulement il était possible d'appliquer cette méthode dès sa naissance et que chacun puisse se l'approprier.

Je suis à Chicago, en mode french tourist. J'ai visité New York d'abord avant de reprendre un avion. Je suis monté en haut de l'Empire State Building, cent dix étages, comme la Sears Tower. Voir une ville depuis un rooftop reste un moment que j'aime particulièrement. Cela permet de se faire une idée de la superficie et de l'architecture d'une ville. Depuis la Sear Tower, on peut voir jusqu'à quatre Etats, c'est dingue quand on y pense, surtout lorsque l'on a une idée de la superficie d'un Etat américain. Pour vous donner un ordre de grandeur, la taille d'un département français est d'environ 6.000 km2, celui d'un Etat américain environ 200.000 km2, c'est sûrement pour cela qu'ils ont de grosses bagnoles et de grandes baraques.

Deux tours en deux jours, les deux faisant le même nombre d'étages, il n'y a pas de coïncidence. C'est lors de ma première ascension que m'est venu le titre de ce livre. Quand j'étais ados, je lisais Fluide Glacial. Il y avait des extraits de bandes dessinées disons en harmonie avec la philosophie développée par Ménara. L'une d'elle, de

Magnus s'intitulait les 110 pilules et racontait les prouesses d'un seigneur asiatique – Hsi Men Cheng, membre de la confrérie des dix, riche marchand dont les performances sexuelles étaient largement améliorées par la prise d'une pilule aux effets durcissant. Comment vous expliquer pourquoi j'ai fait ce lien avec les étages, je crois que j'en suis incapable. A vrai dire, ce n'est pas tout à fait exact. Cette BD, c'est le comble de l'érotisme chinois. Elle sera publiée en 1986. De sublimes dessins de Magnus, en noir et blanc, comme ceux de Corto Maltesse. C'est 110 extases sexuelles de Sih Meh qui cherche à combler sa cinquième épouse. Si j'osais un parallèle, je ne sais pas avec combien de femmes j'ai connu des orgasmes apothéosiptiques.

Les cent dix étages, c'est aussi toutes ces chansons qui me viennent à l'esprit quand j'écris, quand je me replonge dans le passé, dans mon présent, dans mon actualité, comme une évidence, comme dans un film pour sublimer la scène, pour créer une émotion, forcer le trait. Moi, je ne force rien. Ces musiques sont des fidèles compagnes, présentes à chaque instant de ma vie, quelles que soient les musiques, quelle que soit l'époque. Je leur suis fidèle à mon tour, espérant transcender leur magnétisme, leur émotion, leur beauté, leur authenticité dans le partage avec les autres. Ces musiques sont comme ma main droite qu'on m'aurait amputée. Elles sont le prolongement de ma pensée, de l'émotion que je ne sais pas traduire, des mots qui me manquent souvent. Elles sont aussi ma mémoire, celle d'une émotion face aux évènements que la vie impose.

Elles sont mes marqueurs, mes tatouages invisibles et sensuels.

Les cent dix étages, c'est comme les cent dix moments de vie qui m'ont marqué, transformé. C'est cent dix totems, cent dix conquêtes, d'un soir, d'une semaine ou plusieurs mois. C'est toutes ces bonnes ou mauvaises raisons d'avoir choisi la voie la plus difficile aussi, pour savoir si j'allais m'en sortir, grandi ou pas. La difficulté n'est pas un choix par nature, elle s'est imposée à moi sans crier « gare ». Pour ceux qui connaissent Roger Gicquel – le présentateur du JT ou qui s'en souviennent, on disait de lui que le monde s'était écroulé sur ses pompes. Moi, je ne passe pas aux vingt heures mais je peux vous garantir que je pourrais tenir l'antenne pendant des semaines et qu'il n'y a aucune fatalité dans mon histoire semblable aussi à celle de beaucoup d'autres. Je n'ai pas eu besoin de pilule pour bander et j'espère que je resterai dur longtemps et je continuerai à faire jouir des femmes contrairement au seigneur japonais de Magnus. Ma vie ne se terminera pas après avoir consommé toutes ces pilules, en épuisant des femmes. Je suis certainement un libertin, parce que j'aime ma liberté et que je n'arrive pas à admettre que je ne pourrais faire l'amour qu'à une seule femme pendant des années. Cette idée m'est insupportable. Et puis, je n'arrive pas toujours à vous comprendre, vous les femmes. Si vous ne croyez plus au prince charmant, je tiens à vous dire Mesdames, que nous ne croyons plus aux princesses qui dorment au bois ou dans des châteaux. Je ne sais pas si je suis bien placé pour dire ce que veulent les femmes mais un homme doit être viril et doux, bricoleur et intellectuel, sérieux et déconneur, bad boy et gendre idéal, créatif et rassurant, confident et secret, père et frère, amant et mari. Il faut être tous ces hommes-là au moment où vous, mesdames, vous en avez besoin et non celui que nous avons choisi le temps d'une rencontre. C'est une histoire de synchronisation en somme. C'est aussi tout mon attachement à être à l'heure aussi, et l'intérêt que je porte aux engrenages suisses, au temps qui passe et celui qui reste.

En remontant tous ces étages, j'ai égrainé les prénoms de toutes ces femmes que j'ai tenues dans mes bras. J'ai une pensée pour chacune d'elles parce que je les ai choisies comme elles m'ont choisi. Elles ont été des soleils, des tourbillons, des ingénues, des déesses. Je sublime la femme, pour tout ce que les femmes prétendent de merveilleux et d'épanouissant. Comme d'autres, comme beaucoup, je ne sais pas vivre avec. Je ne sais pas vivre sans non-plus. C'est là le paradoxe. Elles restent la source de ma fougue, de mon panache, de ma créativité. Je cherche ma Muse, ma Superbe, mon Egérie, ma femme like U. Avec le temps, je suis devenu exigeant. Je n'aime pas la simplicité d'une relation, je veux dire que je n'ai pas envie de savoir en quelques jours ce qui sera ma vie dans les dix ans à venir, comme si tout était dit, vu, pensé et que je peux même répondre à sa place en sachant exactement ce qu'elle dira.

Je n'ai plus envie de faire de concessions, je n'ai plus envie de subir la mauvaise humeur, la fatigue, l'agacement et devoir les gérer pour éviter une soirée en mode grimace suivi par l'hôtel des culs tournés pour la nuit. Je ne veux plus que le bon, je fuis tout ce qui me contrarie dans ma vie d'homme. Je fuis quand une conversation tourne mal et que je sais qu'il me sera impossible de retrouver un climat serein pour que chacun puisse s'exprimer. Il n'y a rien de lâche dans ma démarche. Ma psy m'a dit que j'avais raison de m'extraire. Et même si je me répète, même si je deviens redondant, la compréhension est faite de répétitions. Je ne suis pas un pauvre type qui a peur de l'engagement. J'ai juste une frousse immense de la lassitude, de l'ennuie, de l'usure. Je crois que je n'ai rien d'original, nous avons tous ces craintes, ces peurs. Je crois que je suis suffisamment zen, patient, au-dessus de la moyenne pour affronter aussi ces situations. Au fond, c'est paradoxal.

J'adore les bouquins qui fleurissent les tables des libraires sur le développement personnel. C'est comme les livres de cuisine. Vous avez la recette, les belles images mais dans votre assiette, le résultat ne ressemble pas à la belle image, colorée, appétissante du super Chef – beau gosse à l'accent provençal. Notre société souffre de ce mal invisible, de ce que l'on ne nomme pas pour ne pas voir la réalité, pour ne pas souligner notre incapacité à surmonter ce que nous, les survivants, sommes capables de supporter, vivre avec et transformer nos vies et celles de nos proches.

Je me souviens du jour où les Twins Towers sont tombées. Il me semble que chacun de nous se souvient. Dans le milieu aéronautique en particulier, tout le monde se souvient. J'avais travaillé le matin à l'escale de Roissy. Ce jour-là, j'avais pris la moto pour aller bosser. Je suis rentré après être passé par la boulangerie. Je me suis fait à déjeuner. Une tomate/mozza, il faisait beau. J'ai allumé la télé et sur toutes les chaînes, je voyais les mêmes images. Une des deux tours était en feu, une grosse colonne de fumée noire montait dans le ciel. Et puis, il y a eu ce deuxième avion qui est venu s'écrasé dans la seconde tour. C'était vraiment terrifiant.

    Je me souviens du jour de la naissance de ma fille, de la nuit d'avant. De mes premiers jours à Roissy, à l'aéropostale. De mon initiation chez les compagnons, puis ma renaissance maçonnique. Je me souviens pratiquement de tout, parce qu'il est important d'avoir de la mémoire, de se souvenir, du bon comme du mauvais. De toutes ces expériences de vie, d'amour. De ces séparations qui nous laisseront des cicatrices invisibles, comme des bleus à l'âme pour lui apporter un peu de couleur et non pas du blanc comme beaucoup l'imaginent. Je me souviens de chaque jour, de tous ces jours qui ont compté dans ma vie de quinquagénaire. Je me rappelle de chaque découverte, de chaque étonnement, de mes fous rires, de mes pleurs de môme, de la tristesse quand elle s'empare de moi. Je conserve, malgré les années, ma curiosité légendaire, celle qui me fait veiller le soir pour apprendre encore, celle qui me fait quitter mon lit de bonne heure le matin pour jouir de ma journée et de toutes ces personnes qui participent à mon bonheur. Je les remercie, vous n'imaginez pas à quel point vous êtes ma source de jouvence, ma jeunesse éternelle.

Je me souviens de ce jour en particulier, celui ou j'ai enfin compris qui j'étais. Le jour, c'était hier.

Je suis chez moi à Marseille

TABLE DES MATIERES

Etage rez-de-jardin (Début) 9
3ème sous-sol (Jcé) 17
1er étage (Monde parfait) 23
3ème étage (Alpha) 29
7ème étage (Un jardin sur le nil) 35
8ème étage (Bathroom singer) 39
9ème étage (Précisions) 43
10ème étage (Dix cm) 47
15ème étage (L'ordre & la morale) 51
18ème étage (Picture of U) 59
20ème étage (Hurt) 65
30ème étage (Return ticket) 71
33ème étage (Heures hindoues) 77
42ème étage (Triphasé) 81
43ème étage (Never forget) 87
50ème étage (*Alive*) 93
51ème étage (L'autre reste) 103
67ème étage (Born in USA) 109
69ème étage (Erotique) 119
97ème étage (Brandt rhapsodie) 127
101ème étage (Station) 139
102ème étage (Est-ce ainsi) 143
103ème étage (Tatoo) 149
104ème étage (Les paradis perdus) 155
105ème étage (Strong) 161
106ème étage (Alter égo) 165
107ème étage (ICU) 171
108ème étage (Neil Young) 177
109ème étage (You can't always get what you want) 181
110ème étage (Time) 186